이 책에 쏟아진 수많은 찬사들

글쓰기에 대한 의심과 불안으로 흔들리는 어깨를
조용히 어루만져주는 책
— 쑤나님

내가 가장 뼛속 깊이 집중해서 읽은,
별 다섯도 부족한 멋진 책
— 글샘님

글쓰기의 어려움, 그 지난한 고통을 담담히 직면할
용기를 불어넣는 책
— 그린파파야님

문예창작과 전공자로서 학생용 추천도서로
교수님들께 꼭 권하고 싶은 책
— 파키라님

자신을 믿고, 솔직하게 표현하며, 부단히 써라!
이 단순한 가르침이 마음을 움직여
실천하게 만드는 놀라운 책
— 아라비스님

우리 안에 잠든 작가로서의 잠재력을 수면 위로
올라오게 해주는 마법 같은 책
— gkswlgml83님

대단한 에너지를 뿜는 글쓰기 책이다!
— 돌궐님

나만의 글을 어떻게 생각해 내는지,
글에 에너지를 불어넣는 방법을 알려주는 책
— 썬드님

이 책을 읽으며 밑줄을 긋는다면,
모든 페이지에 밑줄을 긋게 될 것이다!
— 5D OKU님

글쓰기와 삶을 관통하는 진실을 담고 있는 책.
작가뿐 아니라 모든 사람이 읽어도 좋을 책이다.
— 고양이라디오님

글쓰기의 소중한 스승을 만난 듯 행복하다.
— floweret님

속이 후련하다, 뿌듯하다,
무언가를 하고 싶은 열정이 샘솟는다!
— 카일라스님

글쓰기의 두려움을 없애는 계기가 되었던,
아마도 최초의 책
— 이지훈님

글쓰기의 고통을 견디고 글을 쓰고자 하는 욕망을
평생토록 유지할 수 있는 마음을 다져주는 책
— deadPXsociety님

Writing Down the Bones

뼛속까지 내려가서 써라

뼛속까지
내려가서
써라

전 세계 독자들을 사로잡은
혁명적인 글쓰기 방법론

나탈리 골드버그 지음 | 권진욱 옮김

한문화

추천의 말을 써 달라는 부탁과 함께 이 책의 가제본을 우편으로 받아 보았을 때, 솔직히 나는 막막했다. '오, 맙소사! 안 돼! 난 한 번도 다른 사람 책에 추천사를 써본 적이 없다구. 게다가 난 추천사를 쓰는 형식도 모르잖아.' 추천사를 쓰는 데에는 Fe나 NaCl 같은 화학 분자식처럼 특정한 형식이 있으리라 굳게 믿고 있던 나는 도저히 추천사를 써 낼 자신이 없었다.

내가 이 책의 가제본을 읽기 시작한 것은 디트로이트행 비행기 안이었다. 무슨 일인지 일 년 사이에 가족이 벌써 세 사람이나 죽었고, 나는 그 세 번째 장례식에 참석하기 위해 가는 길이었다. 짐 삼촌이 작년 유월에 돌아가신 것을 시작으로, 할머니가 십일월에 돌아가셨고, 이어 올해 오월 나의 쉰 번째 생일날인 어느 토요일에 사촌 버드가 세상을 떠난 것이다. 그때 나는 장편을 쓰고 있다는 것을 핑계 삼아 일 년 넘게 집안 대소사에 무심하게 지내고 있었다. 하지만 작품에 진전이 있었던 것도 아니고 나에 대한 자신감마저 점점 사라지고 있었다.

나는 단순한 사실만 나열하거나 재미있는 일화 따위나 적고 마는 작가로 끝나고 싶지는 않았다. 내 가족의 진실을 찾아내어 작품으로 완성시키겠다는 소망이 있었다. 그러나 누가 이걸 알아줄까? 아무도 알아주지 않으리라는 불안과 '가족'이라는 소재를 다루기에는 턱없이 함량미달이라는 반복적인 자기비하에 시달리고 있었다. 나는 이 지루하고 부담스러운 일들에 완전히 지쳐 있었다. 이것이 이 원고를 읽기 바로 전까지의 내 마음 상태였다.

하지만 이 책을 십 쪽가량 읽었을 때, 어쩌면 추천의 말을 쓸 수도 있겠다는 생각이 들기 시작했다. 이십육 쪽을 읽을 때는 이미 추천사를 써 내려가고 있었다. 삼십 쪽에 이르자 벌써 종이 두 장(비행기 안에서 내가 가지고 있던 종이는 두 장뿐이었다.)을 다 채우고도 모자라 나탈리가 보내온 편지지 뒤쪽에 끄적거리기 바빴다.

이 책은 글을 쓰고자 하는 이들만이 아니라 인생의 모험을 앞둔 모든 이들에게도 최고의 안내서이다. 이 책에는 사람들에게 글을 쓰고 싶다는 마음을 품게 하고, 글을 쓰게 하며, 자기가 원하는 방식으로 작품을 이루어 내도록 하는 모든 방법이 들어 있다. 이런 글쓰기 접근법은 나로서는 여태껏 접해보지 못한 혁

명적인 방법이다.

작가는 다른 사람들에게 지식을 나누어 주기 위해 글을 쓰는 사람이 아니다. 그보다는 작가는 자신이 누구인지 밝히기 위해 글을 쓴다. 이 책 곳곳에서 나탈리 골드버그는 이 분명한 명제에 대한 확신을 보여 준다. 글을 쓰기 위해서는 '세상과 차단되는 것이 아니라, 세상 모든 것에 의미를 부여하여 수용할 수 있는' 균형 잡힌 집중력을 가져야 한다. 아무튼 이 책의 새로운 장을 읽어 나갈 때마다 나는 이 책을 선물해 주고 싶은 사람이 자꾸만 늘어났다.

초등학교 4학년 때부터 작가의 꿈을 키우고 있는 내 아들 존, 소아과 전문의를 은퇴한 후 팔십 대의 나이에도 소설을 쓰고 있는 친구, 또 프리랜서 작가로 일하면서 언젠가 소설을 쓰리라는 꿈을 버리지 않은 친구 그리고 내가 지금껏 읽은 글 중 가장 선명하고 솔직한 산문과 편지를 쓰는 또 다른 친구.

나는 오로지 이 생각뿐이다. '누구나 이 책을 이용할 수 있다. 또한 이 책은 누구에게나 필요한 책이다!'

나는 이 책을 통해서 현재 내가 처한 문제점들을 풀어낼 열쇠를 발견하기도 했다. 나탈리는 '그들의 이름을 불러 주라'라는 장에서 "우리의 삶을 이루는 실체들에 대해 경건하게 '네'라고 긍정하라."고 말한다.

이 글을 읽는 순간, 나는 내 문제점이 무엇인지 깨달았다. 내 가족 이야기를 소재로 장편을 쓰고 있던 나는 정말이지 하고 싶은 이야기가 많았다. 하지만 내가 처음 계획한 대로 술술 풀려 나가지 않았다. 나는 고착되어버린 것이다.

그 이유는 나에게 가족이라는 주제를 다룰 능력이 모자라서 가 아니라 그것을 내 의도대로 조정하는 데에 너무 많은 힘을 들 이고 있었기 때문이었다. 나는 경건하게 "네"라고 대답할 자리에 서 "아니야, 그건 그런 게 아니었어."라고 답하며 끊임없는 걱정 에 매달려 있었던 것이다. 나는 이 모든 것을 받아들이고서 더 앞으로 나아갔어야 했다. 이렇게 간단한 진실을 몰랐던 것이다.

당신은 피플스뱅크 빌딩 위로 구두를 벗어 던지고 싶을 정도 로 행복한 순간을 맞이해본 적이 있는가? 내 사촌 버드는 그랬 던 적이 있다. 지금 내 심정 또한 그때의 버드처럼 행복하다. 당신은 이 책을 늘 책상 가까이 두는 것만으로도 많은 슬픔과 후회를 덜 수 있을 것이다. 더 나아가 이 책은 당신의 인생까지 구원해 줄지 모른다. 아름다운 시와 산문을 쓰는 나탈리 골드버 그는 새로운 목소리를 찾아냈다. 우리 주변에서 그녀의 책보다 더 큰 도움과 위안은 찾아보기 어려울 것이다.

1986년 5월 30일 미네소타에서

주디스 게스트*

* Judith Guest_ 미국의 여성 소설가.
대표작으로는 《보통사람들Ordinary People》이 있으며,
이 작품은 동명의 영화로 제작되기도 했다.

차
례

1974년은 내가 명상의 세계에 첫발을 들여놓은 해이다. 그 후 1978년에서 1984년까지 나는 미네소타 주에 있는 미네소타 선원禪院에서 다이닌 카타기리 선사禪師에게서 정식으로 선禪 수련을 받아왔다. 나는 카타기리 선생을 만날 때마다 선에 대한 질문을 던졌는데, 그의 대답이 나에게는 무척 어렵기만 했다.

하지만 어느 날 그가 "나탈리, 선이란 글을 쓰는 것과 똑같아요."라며 글쓰기를 언급하자 비로소 이해가 되었다. 또 삼 년 전에 그는 이렇게 말했다.

"뭣 하러 굳이 명상 모임에 찾아오는 겁니까? 당신은 왜 글쓰기를 통해 자신을 단련하지 않죠? 만약 당신이 글쓰기 속으로 깊이 몰입할 수 있다면, 글쓰기가 당신을 필요한 모든 곳으로 데려다줄 것입니다."

이 책은 글쓰기에 관한 책이다. 또한 글쓰기를 통해 삶이 끝나는 날까지 건강한 정신으로 살아갈 수 있도록 하는 실천적인 훈련의 내용도 담고 있다. 여기에 실린 글쓰기에 관한 글들은 달리기나 그림 그리기 등 당신이 인생에서 함께하고 싶어 하는 모든 것에 그대로 적용할 수 있다. 친구이자 크레이 연구소 소장인 존에게 이 책의 몇 부분을 읽어 주었을 때, 그가 이렇게 말했다.

"나탈리, 지금 당신이 말하는 건 사업 이야기와 똑같군. 그게 바로 사업이야. 글쓰기와 사업가의 길 사이에는 아무런 차이가 없어."

이것을 깨닫기까지 물론 나 자신도 많은 시행착오의 기간을 거쳤다. 학창시절 내내 나는 말 그대로 꽉 막힌 모범생이었다. 나의 유일한 목표는 오직 선생님 마음에 드는 학생이 되는 것이었다. 나는 쉼표와 마침표, 물음표의 쓰임새를 배웠고, 배운 대로 문법에 맞는 글을 쓰는 데에만 골몰했다. 하지만 내가 쓴 글은 진부하고 재미가 없었다. 내가 쓴 글 어디에도 나만의 생각이나 감정은 실려 있지 않았다. '선생님이 이런 걸 원할 것 같으니까 이렇게 써서 보여드려야지.' 하는 생각뿐이었다.

그런데 대학에 들어간 후, 나는 문학이란 것과 사랑에 빠지고 말았다. 그야말로 미친 듯한 불꽃 같은 사랑이었다. 나는 제럴드 만레이의 시를 타자기로 옮겨 쓰고 또 옮겨 써서 나중에는 그의 시를 깡그리 외우게 되었다. 존 밀턴과 쉘리, 키이츠의 시를 소리 높여 낭송하다가 기숙사 내 좁은 침대 위에 그대로 쓰러져 잠든 적도 한두 번이 아니었다. 그때가 육십 년대 후반이었다.

대학생이던 나는 이미 영국을 비롯한 유럽 출신 대부분의 남성 작가들의 시와, 이미 세상을 떠난 남성 작가들의 작품까지 죄다 읽었다고 자부했다. 문제는 내가 그들을 무척이나 사랑했음에도 불구하고 그들은 나의 일상과 아주 먼 곳에 있다는 것이었다. 그들은 결코 내가 삶에서 실제로 겪어 나가야 할 경험들에 대해 어떠한 영향도 줄 수 없었다. 나는 상대가 시인이라면 결혼해 줄 수도 있다는 은밀하고 의뭉스러운 꿈을 가슴 속에 품고 있었지만, 나 자신이 작가가 되겠다는 생각은 꿈에도 하지 않았다.

대학을 졸업한 다음에야 비로소 나는 소설을 읽고 시를 암송하는 것으로는 돈을 벌 수 없다는 사실을 깨달았다. 나는 친구들 세 명과 함께 미시간 주에서 인공감미료를 첨가하지 않은 순수 자연식 레스토랑을 개업했다. 그때가 칠십 년대 초반이었고, 나로 말하자면 레스토랑 개업 일 년 전에야 난생처음 아보카도라는 열매를 먹어 보았던, 그야말로 음식에 대해서는 문외한이었다.

아침이면 나는 건포도나 검은 딸기를 넣은 머핀을 구워야 했다. 간간이 마음이 동하는 날이면 땅콩버터를 넣을 때도 있었다. 시간이 지나면서 내가 만든 머핀을 고객들이 맛있어 하면

참 좋겠다는 생각이 들었다. 그러나 내가 정성을 기울여 만들 때만 정말 맛 좋은 음식이 만들어진다는 사실도 알고 있었다. 우리는 그 레스토랑의 창조자였다. 그렇기 때문에 레스토랑의 음식 맛을 결정하는 것은 오로지 우리의 노력에 달린 일이었다. 우리 자신이 아닌 다른 곳에서, 학창 시절 A학점을 받았던 답안 지처럼 기가 막힌 답이 나올 수는 없었다. 이때가 내가 자신의 마음만을 믿어야 한다는 사실을 배운 최초의 시기였다.

어느 화요일, 나는 점심 메뉴로 야채 스튜 요리를 준비하는 중이었다. 레스토랑에서 팔 야채 스튜를 만들기 위해 조리대 전체가 엄청난 양의 양파와 가지, 호박, 토마토 그리고 생강으로 뒤덮였다. 이 재료들을 모두 썰고 다지는 데에만 몇 시간을 들였는지 모른다.

그날 밤 퇴근길에 나는 별 생각 없이 스테이트 가에 있는 센티코어 서점에 들렀다. 그때 에리카 종Erica Jong이 쓴 《과일과 채소Fruits and Vegetables》라는 얇은 시집이 눈에 들어왔다. 나는 무심코 책장을 넘기다가 어리벙벙해졌다. 아뿔싸! 바로 요리에 대한 시였다. '아니, 이런 것도 시가 될 수 있단 말인가?'

맙소사! 이렇게 평범한 것이 시란 말인가? 내가 매일 하는 그런 일이 시라고? 그때 무언가가 나의 뇌신경망을 건드리고 지나갔다. 집을 향해 걸음을 옮길 때 나는 어느새 내가 알고 있는 것 그리고 나만의 생각과 감정이 실린 글을 써 보겠다고 결심하고 있었다. 나는 먼저 내 가족에 대해 쓰기 시작했다. 내 가족에 대해서라면 그 누구도 내가 틀렸다고 말할 사람이 없으리라. 이 세상에서 내 가족을 제일 잘 알고 있는 사람은 바로 나니까 말이다. 지금으로부터 십오 년 전의 일이다.

언젠가 친구가 했던 말이 기억난다. "네가 사랑을 믿을 때만이, 사랑이 네가 가야 할 길을 이끌어 주는 법이지." 나는 여기에 조금 덧붙이고 싶다. "자신이 사랑하는 일에 믿음을 갖고 계속해서 밀고 나갈 때만이, 그 일이 자신이 가야 할 길로 이끌어 주는 법이지."

그리고 당신에게 안정된 삶의 방식을 가지려고 너무 염려할 필요는 없다고 당부하고 싶다. 자신이 진정으로 원하는 일을 시작할 때 이미 당신은 끝까지 그 일을 따라갈 깊은 안정성을 보유하고 있는 것이다. 엄청난 액수의 연봉을 받는 사람이라고 해서 그 사람의 인생이 평생 안정될 거라고 누가 장담할 수 있단 말인가?

나는 십일 년 동안 수많은 지역에서 글쓰기에 대한 방법을 가르쳐 왔다. 뉴멕시코 대학, 라마 재단 그리고 타오스에서는 히피들을 위한 작문 교실을 열었다. 알부퀘르크에서는 간호사들을 위해, 볼더에서는 비행 청소년들을 위한 수업을 했고, 다시 미네소타 대학, 노스이스트 대학, 네브라스카 주 노포크에 있는 기술 고등학교, 미네소타 시인학교 그리고 지금 살고 있는 지역에서는 게이들만을 위한 일요일 밤 작문 교실도 열었다. 어디서 누구를 가르치든 나는 항상 똑같은 방법론을 주장한다. 바로

뼛속까지 내려가서 써라

'자신의 마음을 믿고, 자신이 경험한 인생에 대한 확신을 키워 나가야 한다.'라는 말이다. 이 말은 아무리 반복해도 싫증이 나지 않을뿐더러 나 자신을 더욱 높은 이해의 경지로 끌어올린다.

글쓰기를 배우는 길에는 많은 진리가 담겨 있다. 실천적으로 글을 쓴다는 의미는 궁극적으로 자신의 인생 전체를 충실하게 살겠다는 뜻이다. 글쓰기 공부는 일차원적인 과정이 아니다. 좋은 작가가 되기 위해 반드시 A에서 B를 거쳐 그 다음은 C로 가야 한다는 식의 논리는 없다. 이것이 내가 글쓰기에 대해서 분명하게 말할 수 있는 진실이다. 충치로 고생하는 사람에게 발목 골절을 당한 사람과 똑같은 처방을 내릴 수 없듯이 이 책은 다양한 방법론을 제시한다.

당신이 이 책의 한 부분, 가령 모든 사물에 개별적인 정체성을 주어 접근하라는 글을 읽었다고 치자. 이 말은 추상적이거나 아주 일반적인 문체를 가진 사람에게는 도움이 될 수 있을 것이다. 하지만 다음 장으로 넘어가면 이번에는 자신을 누르지 말고 감정의 파도에 실린 그 상태로 글을 몰고 가야 한다고 쓰여 있다. 진실을 글로 나타내려면 쓰는 이가 자신의 내면 아주 깊은 곳까지 내려가야만 한다는 내용이다. 또 다른 장에는 글을 쓰려면 은밀한 개인적인 공간이 필요하니 작업실을 정하라는 내용이 보인다. '……집에서 나가라. 설거지에서 벗어나라. 글을 쓸 수 있는 카페로 달려가라…….'

이처럼 이 책에서 소개하는 방법들은 상황과 형편에 따라 달라진다. 그때그때 가장 알맞게 적용되는 기술이 다르다는 말이다. 그러므로 어느 하나의 방법만이 절대적으로 옳고 다른 것은 틀린 방법이라고 할 수 없다.

수업을 할 때 나는 학생들에게 '뼛속까지 내려가서 쓰라.'고 요구한다. 자기 마음의 본질적인 외침을 적으라는 말이다. 그렇다고 "여러분, 분명하고 아주 솔직하게 써야 해요."라는 말만 던져 버린다면 그것은 선생이 아니다. 수업시간에 나는 학생들과 함께 여러 가지 방법의 글쓰기를 시도해 본다. 시간이 지나면서 학생들은 자신이 말하고자 하는 것이 무엇이며 그것을 어떻게 나타낼 것인지 알게 된다. 교과서적인 진도에 따라 "세 번째 시간에 이러이러한 것을 배우면, 여러분은 글을 잘 쓰게 될 거예요."라는 식으로 수업을 진행한 적은 한 번도 없었다.

이 책을 읽는 독자들 입장도 똑같다. 처음부터 차례로 읽을 수도 있고(처음에는 이 방법이 좋을 것이다.), 또 마음대로 손이 가는 대로 펼쳐 놓고 읽기 시작해도 좋다. 나는 각각의 장이 그 나름대로의 장점을 가지도록 이 책을 썼다. 독자들에게 권하고 싶은 말은 긴장을 풀고, 몸과 마음 전체로 이 책을 흡수하라는 것이다. 그리고 읽는 데에서 끝내지 말라. 부디 써라. 그리고 자신을 믿어라. 자신의 요구가 무엇인지 배우라. 나는 당신이 이 책을 쓰임새 있게 만들어 주기를 바란다.

첫
마
음,
종
이
와
연
필
。

나는 첫 번째 수업을 무척 좋아한다. 글쓰기에 대해 진지하게 고민하고 글 쓰는 사람으로 인생을 살겠다고 다짐한 그 '첫 마음'으로 돌아가기 때문이다. 어떤 의미에서 이 첫 마음이야말로 우리가 글을 쓰기 위해 책상 앞에 앉을 때마다 돌아가야 하는 자리일 것이다.

두 달 전에 꽤 괜찮은 글을 썼다고 해서 앞으로도 좋은 글을 쓴다는 보장은 없는 법이다. 그렇기 때문에 우리는 언제나 새롭게 글을 써야 하는 운명을 받아들여야만 한다. 솔직히 나는 새로운 글을 쓸 때마다 전에 어떻게 글을 완성했는지 의아해질 때가 한두 번이 아니다. 글쓰기는 매번 지도 없이 떠나는 새로운 여행이다.

첫 수업 시간 때마다 내가 수도 없이 되풀이하는 이야기가 있다. 가장 기초적인 부분이지만 너무도 중요하기 때문에 그냥 넘어갈 수 없는 이야기이다.

맨 먼저, 필기구를 생각해 보자. 원고를 손으로 쓰는 사람이라면 반드시 빠르게 써지는 필기구를 마련해야 한다. 생각은 손이 움직이는 것보다 언제나 앞서 달려가기 때문이다. 손이 느린 것도 속이 상한데 심지어 필기구 때문에 글 쓰는 속도에 지장이 생기는 것을 누가 바라겠는가? 볼펜이나 연필은 누구나 인정하듯 느린 필기구들이다.

문방구로 달려가 마음에 드는 필기구가 있는지 찾아보라. 모든 종류의 필기구를 집어 직접 써 봐야 한다. 겉모양이 너무 화려하거나 지나치게 고가인 제품은 사지 말라.

나는 하나에 1달러 95센트 하는 싸구려 쉐퍼펜을 즐겨 사용한다. 잉크 카트리지만 바꿔 주면 그만이다. 나는 지난 몇 년 동안 카트리지를 수백 번 교체했다. 또한 같은 회사에서 만든 온갖 색상의 쉐퍼펜도 모두 마련해서 아주 유용하게 잘 쓰고 있다. 가끔 잉크가 새는 것이 마음에 걸리지만, 대신 빨리 써진다는 장점이 있다. 요즘 등장한 롤러펜 역시 빠르긴 한데 내 손에 익숙하지 않아 손가락에서 잘 미끄러진다. 펜이 종이에 닿는 질감을 느끼기에는 좀 곤란한 면이 있다.

어디에 글을 쓸 것인가 하는 것도 생각해야 할 부분이다. 목수에게 망치와 못이 필요하듯, 종이는 글 쓰는 이에게 더없이 중요한 장비이다. 종이에 대해 고심한 끝에 하드커버로 장정된 값비싼 노트를 사는 사람들이 있다. 좋은 글을 쓰려면 이 정도는 마련해야지 하는 강박관념 때문에 두껍고 무겁고 품격 있어 보이는 노트를 마련하는 것이다. 하지만 이런 고정관념은 아주 위험하다. 오히려 나는 세상에서 가장 볼품없는 쓰레기 같은 글을 쓸 수도 있다고 생각하라. 자신에게 글쓰기를 탐험할 수 있는 많은 공간을 허용해 주라는 말이다. 값이 싼 용수철 노트는 빠른 시간 내에 채울 수 있고 다음에 노트를 살 때에도 경제적 부담이 적어서 좋다. 또 가지고 다니기에도 얼마나 편한가.(나는 작은 지갑만 한 크기의 노트를 즐겨 사용한다.)

미키 마우스, 스타워즈, 가필드……. 나는 예쁘고 재미있는 그림이 그려진 이런 노트를 애용한다. 신학기마다 수없이 쏟아져 나오는 새로운 디자인, 그 중에서도 용수철이 달려 있고 겉장에 예쁜 그림이 그려진 노트라면 나로서는 더 이상 망설일 이유가 없다. 또 이런 노트는 아무 데에나 두어도 금방 찾아낼 수 있다는 장점도 있다. "오, 맞아. 그 해 여름에는 로데오 시리즈 노트에 글을 썼지." 하고 말이다.

노트 종류도 다양하게 변화를 주는 것이 좋다. 순수한 백지 노트, 줄이 쳐진 노트, 그래프용지, 겉장이 하드커버로 된 것과 그냥 종이로 된 것 등등. 이런 방법은 나중에 아주 편리한 분류 법으로 도움을 줄 것이다.

노트의 크기도 생각해 보자. 노트가 주머니에 들어갈 만큼 작다고 해서 생각을 담는 용량마저 작은 것은 아니다. 생각을 적어 넣을 수만 있다면 그만 아닌가. 예를 들어 소아과 의사이자 유명한 시인인 윌리엄 칼로스 윌리엄즈^{William Carlos Williams}는 환자를 진료하는 틈틈이 작은 진료 카드 위에 시를 적었다.

세밀한 기록

의사 선생님, 나는 당신을 찾고 있어요.
선생님께 이백 달러를 빚졌어요.
어떻게 지내시죠?
전, 잘 지내요. 돈이 생기면
선생님께 보내 드릴게요.

그의 시 선집에는 이렇게 진료 카드 크기에 꼭 맞을 만한 길이의 시가 많다.

노트에 글을 쓰지 않고 직접 타자기로 치는 경우도 생각해 봐야 한다. 글쓰기는 정신적이면서 동시에 육체적인 작업이기에 사용하는 도구와 장비에 많은 영향을 받게 마련이다. 나는 감정적인 글을 쓸 때에는, 적어도 처음에는 직접 손으로 쓴다. 손으로 쓰는 것이 심장의 운동과 더욱 가깝게 연결되는 느낌을 주기 때문이다. 하지만 소설이나 긴 이야기를 쓸 때에는 주저 없이 타자기 앞에 앉는다.

나는 아직까지는 컴퓨터로 작업하지 않는다. 하지만, 키보드를 무릎 위에 올려놓고 눈을 감은 채 그저 죽죽 타이핑할 수 있다면 그것도 괜찮을 것 같다. 컴퓨터는 타자기와 달리 자동으로 행을 바꿔 주기 때문에 중간에 끊기지 않고 얼마든지 달려 나갈 수 있다는 장점이 있다. 또 타자기로 작업하면 줄이 바뀔 때마다 '딩' 하고 종소리가 울리는 데에 비해 컴퓨터는 그런 소리에 신경 쓰지 않아도 된다.

그 밖에, 그림을 그리는 아주 커다란 도화지에 글을 써 보는 것도 한번 해 볼 만한 방법이다.

내면세계가 외부 세계를 창조한다는 말은 참말이다. 하지만 이 외부 세계와 우리가 쓰고 있는 연장 또한 우리의 사유 형태에 영향을 미치는 것도 사실이다. 하늘에 대고 글쓰기를 하지 못할 것도 없다.

글쓰기를 위한 연장을 신중하게 선택하라. 하지만 그렇다고 해서 글을 쓰기 위해 책상에 앉아 있는 시간보다 문구점에서 헤매는 시간이 더 길어질 정도로 장비를 구하는 데에 겁을 먹지는 말라.

'첫 생각'을 놓치지 말라。

명상법 중에는 방석에 다리를 포개고 앉은 다음, 등을 곧게 펴고, 두 손은 무릎 위에 올리거나 또는 앞으로 내미는 좌선법이 있다. 이때에는 하얀 벽을 바라보며 자신의 호흡에만 집중해야 한다. 좌선을 하는 동안 수행자는 회오리바람처럼 강력한 분노와 저항심, 천둥같이 크게 울리는 기쁨과 회한 등 어떤 감정이 찾아오든 등을 펴고, 다리를 포개고, 벽을 마주보고 앉은 처음의 자세를 끝까지 유지해야 한다. 감정과 사유에 대한 집착을 흘려보내는 것, 끝까지 계속 앉아 있는 것, 이것이 좌선의 규칙이다.

글쓰기도 이와 똑같다. '첫 생각'과 만나서 거기서부터 글을 펴낼 때 당신은 싸움에 나선 전사가 되어야 한다. 특히 처음 시작하는 사람은 자신을 향해 달려드는 감정과 에너지의 힘에 질려 겁을 먹을지도 모른다. 하지만 손을 멈추어서는 안 된다. 당신은 생각의 심장부로 뚫고 들어가도록 손을 계속 움직여야 한다.

수업에서 자신이 쓴 글을 읽다가 울음을 터뜨리는 학생들이 있다. 좋은 일이다. 눈물을 흘리며 글을 쓰는 학생들도 있다. 나 역시 같은 경험이 있다. 하지만, 나는 그들에게 멈추지 말고 계속해서 쓰라고 말한다. 자신의 감정을 넘어서야만 저 반대편 심장부에 이를 수 있기 때문이다. 눈물을 흘리는 데에서 멈춰서는 안 된다. 눈물을 넘어 진실을 파고들라. 이것이 원칙이다.

이렇게 치열한 글쓰기 훈련에서 가장 기본은 제한된 시간 동안 글을 써 보는 것이다. 십 분, 이십 분, 한 시간,…… 시간의 길이는 각자 알아서 정한다. 처음에는 시간을 짧게 했다가 일주일 후에 늘릴 수도 있고, 처음부터 한 시간 동안 글쓰기에 빠지겠다고 작정해도 좋다. 시간의 길이는 큰 문제가 아니다. 중요한 것은 글쓰기에 할애한 시간이 얼마이든 간에 그 시간 동안만큼은 글쓰기로만 완전하게 채우도록 집중하는 일이다. 그러기 위해서는 다음과 같은 원칙이 도움이 될 것이다.

- 손을 계속 움직이라. 방금 쓴 글을 읽기 위해 손을 멈추지 말라. 그렇게 되면 지금 쓰는 글을 조절하려고 머뭇거리게 된다.
- 편집하려 들지 말라. 설사 쓸 의도가 없는 글을 쓰고 있더라

뼛속까지 내려가서 써라

도 그대로 밀고 나아가라.

- 맞춤법이나 구두점 등 문법에 얽매이지 말라. 여백을 남기고 종이에 그려진 줄에 맞추려고 애쓸 필요 없다.
- 마음을 통제하지 말라. 마음 가는 대로 내버려 두라.
- 생각하려 들지 말라. 논리적 사고는 버려라.
- 더 깊은 핏줄로 자꾸 파고들라. 두려움이나 벌거벗고 있다는 느낌이 들어도 무조건 더 깊이 뛰어들라. 거기에 바로 에너지가 있다.

이것이 규칙이다. 목표에 닿기 위해서는 이 규칙을 지키는 것이 중요하다. 우리의 목표는 첫 생각에 불을 활활 붙여 주는 것, 사회적 체면 또는 내면의 검열관에게 방해를 받지 않고 에너지의 심장부에 도달하는 것, 피상적인 느낌이 아니라 진짜 마음이 보고 느끼는 것을 쓰는 것이다. 이 규칙을 지키다 보면 괴팍하기 그지없는 우리 마음의 정체를 들여다볼 수도 있다. 그러기 위해서는 먼저 닳아빠진 사고의 끄트머리를 계속 탐색해야 한다.

첫 생각이란 무엇인가? 그것은 우리 마음에서 제일 먼저 '번쩍' 하고 빛을 낸 불씨이다. 이 불씨의 뿌리는 엄청난 에너지를 가진 잠재력과 맞닿아 있다. 하지만 대개 우리 내부의 검열관이 그 불씨를 진화해 버린다. 두 번, 세 번, 생각에 생각을 거듭하다 보면 우리의 의식은 일상의 관념 세계로 다시 돌아와 맨 처음 피어난 신선한 불꽃과 교제하는 것을 허락하지 않는다.

예를 들어 '내 목구멍에서 데이지 꽃을 꺾는다.'라는 문장이 마음을 관통하고 지나갔다고 하자. 내부의 검열관인 두 번째 생각은 이렇게 말한다. '말도 안 돼. 그건 자살처럼 들리잖아. 스스로 목을 자르고 싶어 하는 것을 보여 주면 어떡해? 누가 들으면 미친놈이라고 할 게 뻔해.' 결국 우리는 내부의 검열관이 시키는 대로 '목이 조금 따끔해서 아무 말도 하지 않았다.'라고 쓰게 된다. 이런 글은 이해하기는 쉽지만 진부하기 짝이 없다.

첫 생각은 에고 또는, 우리를 통제하려고 드는 논리적인 메커니즘(세상은 영구불변하며, 견고하고, 지속적이며, 보이는 것이 전부라는 생각)에 얽매이지 않은 생각이다. 세계는 불변이 아니라 끊임없이 변하고 있으며, 논리적으로 설명할 수 없는 사실들로 가득하다. 그러므로 만약 당신이 자신의 의식 차원을 넘어선 글을 쓸 때, 그것은 있는 그대로 사물의 진실을 나타낸 것이 된다. 그래서 이런 글은 에너지가 넘칠 수밖에 없다. 글쓰기를 가로막던 '에고'라는 짐을 벗어던지는 순간, 당신은 더 큰 조류를 향해 나아갈 수 있게 되는 것이다.

어째서 첫 생각에는 이처럼 굉장한 에너지가 들어 있는 것일까? 첫 생각은 참신함 그리고 영감과 연결되어 있기 때문이다. 영감이 오는 순간에 당신은 신과 하나가 될 수 있다. 번득이는 첫 생각과 만나는 순간, 당신은 자신이 알던 것보다 더 큰 존재로 변화한다. 우주의 무한한 생명력과 연결되기 때문이다. 첫 생각은 바로 지금, 이 순간에 당신이 그동안 겪어온 감정과 사건과 정보가 밑바탕이 되어 발산되는 것이기에 엄청난 에너지로 충만해 있다. 이것이 바로 첫 생각이 가진 에너지이다.

언젠가 명상 수업을 마치고 나오던 불교 신자인 친구가 이렇게 말했다.

"그 순간 이후로 온갖 빛깔들이 너무도 생생하고 힘차게 맥박치고 있어요."

그러자 그녀의 스승이 말했다.

"당신이 바로 지금, 현재에 존재할 때 세상은 진정으로 살아 움직이게 되니까요."

멈추지 말고 써라.

글쓰기 훈련의 중요한 목표 가운데 하나는 자신의 몸을 믿는 법, 다시 말해 인내심과 공격하지 않는 마음을 키우는 법을 배우는 것이다.

예술은 측량할 수 없을 정도로 큰 세계이다. 시를 쓰든 소설을 쓰든 간에 이것 아니면 저것이라는 법칙은 없다. 진짜 중요한 것은 작품과 더불어 우리의 삶을 꾸려 나가는 과정이다. 위대한 작품을 남기고도 나중에는 정신병자나 알코올 중독자, 심지어 자살로 생을 마감한 작가들이 얼마나 많은가. 이들은 우리에게 올바른 정신으로 살아간다는 것이 무엇인지 다시 한 번 생각하게 만든다. 우리는 우리가 만들어 내는 시와 소설을 방편으로 삼아 진정 깨어 있는 정신을 가지고 살아가야 하는 것이다.

티베트 불교의 승려인 초감 트룽파^{Chogyam Trungpa}는 이런 말을 했다. "무서운 적을 만나게 되더라도 계속 열린 마음으로 대해야 합니다. 우리는 아직도 겹겹이 싸여 있는 마음의 층을 벗겨 내야만 합니다."

글쓰기 훈련은 세상과 자기 자신에 대해 마음을 지속적으로 열어 나가게 하고, 자기 내면의 목소리와 스스로에 대해 믿음을 키워 나가는 과정이다. 그리고 그 과정이 옳았을 때에만 좋은 글을 얻을 수 있다.

또한 글쓰기 훈련은 진정으로 쓰고 싶어 하는 어떤 것을 쓰기에 앞서 몸을 데우는 워밍업 단계이다. 훈련은 작품을 만들어 내기 전에 거쳐야 하는 가장 기초적이며 본질적인 바탕 그림에 해당한다. 자기 내면의 목소리를 믿는 법을 배운 다음 글을 쓰게 되면, 그것이 사업상의 서류이든 장편소설이든 박사 논문이든 또는 여행기이든, 그 글에는 힘이 실리게 된다.

하지만 여기서 다시 한 번 강조하고 싶은 말이 있다. "바로 이거야! 이제 어떻게 글을 써야 하는지 알아. 난 내 목소리를 믿어. 나는 위대한 소설을 쓰고 말 거야!" 이런 생각은 하지 말라. 소설을 쓰겠다는 결심은 좋다. 하지만 훈련을 멈추어서는 안 된다.

훈련은 공연에 앞서 무용수가 몸을 풀고, 시합 전 육상 선수가 스트레칭을 하는 것과 똑같다. 육상 선수라면 "난 어제 뛰었어. 그러니 오늘은 워밍업을 할 필요가 없어."라고 말하지 않는 법이다. 그들은 달리기를 위해 매일같이 몸을 풀고 스트레칭을 한다. 달리기와 마찬가지로 글도 많이 쓰면 쓸수록 실력이 향상된다.

또 육상 선수들은 달리기가 힘들고 지겨워져도 달리는 행위는 결코 멈추지 않는다. 원하든 원하지 않든 연습을 쉬지 않는다. 가만히 앉아서 계속 달리고 싶게 만드는 뜨거운 열망이 찾아올 때를 기다리지 않는다. 더구나 열망은 절대 자신이 해야 할 일을 게을리하거나 회피하는 사람에게 저절로 생기지 않는다.

더욱이 규칙적으로 달리기 훈련을 하게 되면, 이 훈련 자체가 저항감을 잘라내고 무시해 버릴 수 있는 또 다른 훈련이 된다. 당신은 계속 달린다. 이렇게 한참 동안 달리다 보면 당신은 어느새 달리기를 사랑하게 된다. 게다가 목적지가 보이면 절대 중간에 포기하지 않는다. 그리고 골인을 하고 난 후에는 다시 또 달려 보고 싶다는 갈증에 사로잡힌다.

이것이 바로 글쓰기이다. 일단 글쓰기에 빠지게 되면, 왜 그토록 오랜 시간을 방황하고 이제야 책상 앞에 앉게 되었는지 의아해질지도 모른다. 글쓰기도 훈련을 통해서만 실력을 쌓을 수 있다. 그리고 자신의 깊은 자아를 믿게 되면, 이제 그곳에는 글쓰기를 두려워하라는 목소리는 자연스럽게 설 자리가 없어진다. 축구팀이 단 한 경기를 뛰기 위해 아주 오랜 시간 연습을 한다는 사실을 알고 있으면서도 정작 자신에게는 글쓰기를 위한 훈련 시간을 오랫동안 내주려 하지 않았다는 것을 우리는 깨달아야 한다.

또 명심해야 할 것이 있다. 글을 쓸 때 "나는 시를 쓰고 있어."라는 식으로 자신을 제한시키지 말라. 이렇게 자신을 제한하는 순간 당신은 경직되고 얼어붙는다. 책상을 마주했을 때는 최소한의 제한만으로도 충분하다. 그저 "나에게는 세상에서 가장 쓸모없는 졸작을 쓸 권리가 있다."라고만 하자. 그저 많은 글을 쓰겠다는 마음의 여유를 가지라. 미래의 위대한 소설가가 되리라 결심을 했으면서도 정작 단 한 줄도 쓰지 못하는 학생들을 나는 너무나 많이 보아왔다. 만약 당신이 책상 앞에 앉을 때마다 무언가 위대한 작품을 쓰리라 기대하는 사람이라면, 대개 커다란 절망으로 끝나기 쉽다는 걸 명심하라. 이런 기대감이 글쓰기를 포기하게 만드는 요인이 된다.

나는 작품을 쓸 때마다 나 자신만을 위한 글쓰기 안내서를 항상 새롭게 만드는데, 한 달에 노트 하나를 채우는 것으로 내 임무를 다한다. 그저 이 노트를 채우면 그만이다. 그것이 내가 정한 나의 글쓰기 훈련법이다. 물론 매일 글을 쓰는 것을 이상적인 방법으로 정해 놓았다. 이것이 나한테만 이상적인 방법이라고 해도 좋다. 그리고 이것을 지키지 못할 때도 스스로를 심판하거나 불안해 하지 않으려 한다. 아무튼 자신의 이상대로 살아가는 사람은 세상에 몇 안 되지 않는가.

일단 노트에 글을 쓰기 시작하면 나는 줄 바깥쪽과 하단의 여백 따위는 신경 쓰지 않는다. 그냥 노트 전체를 빽빽하게 채워 버린다. 글을 쓰는 동안 나는 더 이상 글쓰기 교사도 아니고 배우는 학생도 아니다. 무엇보다 나 자신을 위해 글을 쓰고 있기 때문에 여백을 남겨야 한다는 제한에 얽매일 이유가 없다. 이런 방법이 심리적 해방감을 준다. 그리고 글쓰기가 제대로 발동이 걸려 정말 이것저것 요리를 하는 시점에 들어서면 나는 구두점이나 맞춤법 등의 다른 규제들도 모두 잊어버린다. 또 필체도 변한다. 나는 점점 더 확장되고 느슨해진다.

수업 도중 글쓰기에 몰입하는 학생들을 둘러볼 때가 있다. 나는 그들의 모습을 슬쩍 보기만 해도 그들이 얼마나 몰입하고 있는지, 그 주어진 시간에 얼마나 충실하게 '현존'하고 있는지의 여부를 금세 알아차린다. 진지하게 글에 빠져 있는 학생의 몸은 점점 느슨해진다.

또 다시 달리기에 비유해 보겠다. 달리기가 좋아서 잘 달리고 있을 때는 달리는 것에 대한 저항이 없는 법이다. 그 사람의 모든 것이 달리기를 위한 활동에 퍼부어지고 있기 때문이다. 다시 말해 달리는 사람과 자신이 분리되지 않는다. 글쓰기도 마찬가지이다. 만약 당신의 모든 것이 진정으로 글쓰기에 실려 있다면, 거기에는 글을 쓰는 사람도 없고, 종이도 없고, 펜도 없고, 생각도 없다. 모든 것은 사라지고, 오직 글 쓰는 행위만이 글을 쓰고 있게 된다.

글쓰기 훈련은 당신의 인생 전체를 끌어안을 것이다. 이런 글쓰기 훈련은 어떤 식의 논리적인 형태도 필요 없다. 제8장의 행동 다음에 반드시 제9장이 따라와야 한다는 식의 원칙은 없다. 바깥에서는 무섭게 천둥이 치고 있는데도 할머니가 만들어 준 따뜻한 수프를 먹고 있는 꿈을 꿀 수 있는 것처럼, 글쓰기는 재갈을 물리지 않은 야성이 숨 쉬는 공간이다. 여기에는 정해진 방향이 없으며 오직 그 순간 글 쓰는 사람과 다른 모든 것과의 연결이 있을 뿐이다. 우리는 글쓰기 훈련으로 무장되어 있을 때 논리라는 그물에 걸리지 않게 된다.

이 훈련은 아름다운 정원에 가지치기를 하러 나가기 전, 다시 말해 좋은 책과 소설을 쓰기 전에, 우리의 힘을 갖추어 나가는 거친 야성의 숲과 같다. 그리고 다시 강조하건데, 그 정원에 닿는 길은 쉼 없는 훈련뿐이다.

지금 당장 자리에 앉으라. 지금 당신의 마음이 달려가는 무언가가 있다면, 그것이 무엇이든지 그대로 적어 내려가라. 제발 어떤 기준에 맞춰 글을 조절하지는 말라. 무엇이 다가오더라도 지금 이 순간의 것을 잡아라. 손을 멈추지 말고 계속 쓰기만 하라.

글을 쓰는 것은 내가 아니다.

우리가 경험한 일이 하나의 의식으로 자리 잡는 데에는 시간이 걸린다. 예를 들어, 한창 사랑에 빠져 있는 사람이 사랑에 빠진 상태를 글로 적절히 표현해 내기란 어려운 일이다. 우리는 오직 "난 미치도록 사랑에 빠져 있어."라는 소리만 되풀이하게 될지도 모른다.

이제 막 새로운 도시로 이사를 온 사람의 경우도 마찬가지이다. 그 사람은 아직 그 도시를 몸으로 겪어 보지 못했기 때문에 잘 알 수 없다. 그는 주변 환경에 익숙하지 않아서 물건을 사러 편의점에 나갔다가 길을 잃어버릴 수도 있다. 아직 그 도시에서 겨울을 난 적도 없고, 청둥오리가 가을에 호수를 떠났다가 봄이면 다시 호수로 찾아오는 것을 보지도 못했다.

뼛속까지 내려가서 써라

헤밍웨이는 그의 작품 《파리는 날마다 축제 A Moveable Feast》에서 이렇게 말했다.

"내가 파리에서 미시간 이야기를 썼듯 어쩌면 나는 파리를 벗어난 후에야 비로소 진짜 파리 이야기를 쓸 수 있을지 모른다. 그것은 내가 파리를 충분히 알지 못했다는 사실을 파리를 떠난 후에야 알게 되기 때문이다."

우리의 지각 능력이나 판단력은 저절로 만들어지는 것이 아니다. 지각과 판단력은 우리의 의식과 육체를 거쳐서 나온 경험을 통해 만들어진다. 나는 이것을 '퇴비를 섞는 과정'이라고 부른다. 인생이 남긴 쓰레기 더미는 자꾸 쌓여 간다. 우리는 그 안에서 특정한 경험들만을 수집하기도 하고, 때로는 버린 것들을 섞어서 새로운 경험으로 삼기도 한다. 우리가 버린 달걀 껍데기, 시금치 이파리, 원두커피 찌꺼기 그리고 낡은 마음의 힘줄들이 삭아 뜨거운 열량을 가진 비옥한 토양으로 변한다.

이 비옥한 토양이 우리의 시와 이야기를 꽃 피워 주는 자원이다. 하지만 비옥한 토양은 단시일에 만들어지지 않는다. 세월이 필요하다. 유기적으로 이어진 인생의 모든 세부 항목들을 계속 뒤집고 또 뒤집어서 쓸데없는 찌꺼기들을 걸러 내야만 기름진 토양을 만들어 낼 수 있는 것이다.

똑같은 시간을 주었음에도 남보다 많은 분량의 글을 써내는 학생을 보면 나는 기분이 좋아진다. 물론 긴 글이라고 해서 우수한 것은 아니다. 하지만 대개 그런 학생들은 자신의 마음을 하나의 재료로서 탐색하고 있는 게 보인다. 이런 학생들이야말로 그저 '나도 글을 써 보겠다'는 소망에 머물지 않고 실제로 훈련 과정을 충실히 거쳐 앞으로도 계속 글을 써 나갈 수 있는 사람들이다.

그들은 고무래로 흙을 파내듯 자신의 마음을 자꾸 써레질해 주고, 얕은 개울 같은 생각을 자꾸 뒤집어 주고 있는 것이다. 처음에는 낯설고 힘든 일이지만, 이런 작업을 계속해 나간다고 해서 신경증적인 위험에 빠진다고 염려할 필요는 없다. 오히려 그는 자기 내면의 더욱 깊은 곳으로 들어갈 수 있게 된다. 그리고 우리 안에 들어 있는 그 풍요의 정원을 발견하게 될지도 모른다.

한동안 나는 쓰고 싶은 주제가 늘 똑같았던 적이 있었다. 예를 들어, 1983년 팔월부터 십이월까지 내 습작 노트를 보면, 거기엔 내가 여러 달 내내 아버지의 죽음에 대해 글을 쓰려고 노력한 흔적이 그대로 드러난다. 그때 나는 이 주제에 매달려 거기에 맞는 퇴비를 만들고 있는 중이었다. 그러다가 갑자기, 어찌된 영문인지 지금도 모르겠지만, 십이월에 접어들어 정신을 차려 보니 나는 미네아폴리스에 있는 제과점인 크로아상 익스프레스에 멍하니 앉아 있었고, 내 앞에는 아버지의 죽음에 대한 장시長詩 한 편이 놓여 있었다. 내가 말해야만 했던 모든 것들이 갑자기 에너지를 발산하면서 하나의 통일된 실체를 이루어낸 것이다. 퇴비에서 한 송이 붉은 튤립이 피어난 순간이었다.

뼛속까지 내려가서 써라

카타기리 선사는 말했다.

"당신의 작은 힘으로는 어떤 일도 할 수 없습니다. 일을 하게 만드는 건 '위대한 결정자'입니다. 당신의 노력만으로는 부족합니다. 당신이, 당신 배후에 존재하는 우주만물 즉 새, 나무, 하늘, 달, 그 밖의 무수한 생명의 흐름들과 같은 방향으로 가고 있을 때에만 위대한 결정자가 당신을 도와 그것이 이루어지도록 합니다."

헤아리지 못할 정도로 많은 비료를 마련해 놓은 다음, 당신은 한순간에 별 또는 당신 머리 위에 걸려 있는 거실의 샹들리에와 갑자기 연결되는 것이다! 이런 연대가 이루어지면 당신의 몸이 열리게 되고, 이제는 그 몸이 말을 하게 된다.

글쓰기에 이런 과정이 내재되어 있다는 사실을 알게 되면 우리는 모든 불안을 잠재우고 인내심을 기를 수 있게 된다. 우리가 모든 것을 다 경영할 수는 없다. 우리는 심지어 자기가 쓰는 글조차도 마음대로 하지 못하는 나약한 존재이다.

하지만 그럼에도 불구하고 훈련을 멈추어서는 안 된다. 스스로의 경영자가 될 수 없다는 말을, 결코 편하게 앉아서 사탕이나 먹으며 살겠다는 핑곗거리로 삼지 말라. 우리는 계속해서 비료가 될 만한 자료를 수집하고, 발효시키고, 비옥하게 만들어야 한다. 그 비료가 글을 쓰는 데에 필요한 우리의 근육이 되어 준다면 우리는 위대한 우주의 조류를 타고 더 넓은 곳으로 나아갈 수 있게 될 것이다.

이러한 과정을 제대로 이해하면 다른 사람의 성공도 인정할 수 있으며 쓸데없는 욕심에도 빠지지 않게 된다. 누구는 성공하고 누구는 그렇지 못한 것은 그저 사람마다 때가 다르기 때문이다. 우리는 현세에서 그 때를 만날 수도 있고, 죽은 후에야 찾아올 수도 있다. 빠르고 늦는 것은 중요하지 않다. 계속 써라.

뼛속까지 내려가서 써라

예
술
적
 안
정
성
을
 얻
는
 과
정
。

지금 나에겐, 1977년 글을 쓰기 시작했을 때부터 모아 놓은 용수철 노트가 내 키 높이만큼 쌓여 있다. 마음 같아서는 이것들을 모조리 버리고 싶다. 습작 시절의 엉클어진 마음을 다른 사람에게 들키고 싶은 사람이 누가 있겠는가. 뉴멕시코에서 맥주 깡통과 폐타이어로 태양열 집을 짓고 사는 친구처럼, 나도 나중에 이 용수철 노트들로 집이나 한 채 지어볼까 생각도 해본다. 하지만 이 층에 사는 친구는 "네 노트들을 절대 버리지 마!"라고 충고하기 일쑤이다.

그러던 어느 날 나는 그 친구에게, 내 노트를 그렇게 원한다면 너나 가지라고 말하고 글쓰기 워크숍을 하러 네브라스카로 떠났다. 노트들은 그녀의 거실과 연결된 계단 위에 쌓아둔 상태였다. 내가 다시 돌아왔을 때, 그녀는 의미심장한 눈으로 나를 쳐다보며 낡은 분홍색 의자에 털썩 앉았다.

"주말 내내 네 노트 읽느라고 혼났어. 아주 친밀한 글이더라. 하지만 어떤 글은 겁에 질려 있고 불안감이 배어 있었지. 지금의 네 모습과는 완전히 다른, 너의 모습이라고는 상상도 못 할 아주 거친 에너지가 들어 있는 생경한 글도 읽었어. 그리고 지금 내 앞에 네가 다시 서 있어. 육체를 가진, 하나의 인간으로서 너의 모습은 글과 또 달라. 정말 재미있는 일이지?"

그녀가 나의 진짜 모습을 어떻게 이해하든 아무런 상관이 없었다. 아무튼 기분은 좋았다. 정말 그랬다. 내 안에는 겉모습과 다른 또 다른 내 모습이 있다는 사실을, 누군가에게 보여 주고 싶어 하는 마음도 있었으니까. 우리 모두는 저마다 자기만의 비밀스러운 신화를 만들며 살아가고 있다. 누군가 자신을 알아보고 그것을 받아들여 준다면, 그보다 더 고마운 일은 없지 않은가.

그녀는 내가 썼던 글들이 '오물 덩어리' 같은 글들이었기 때문에 계속 눈을 떼지 못하고 읽어나갈 수밖에 없었다고 말했다. 내 노트 전체가 온통 이런 엉터리였다는 것이다. 나도 가끔 학생들에게 이와 비슷한 말을 한다. "여러분, 저는 요즘도 자기 연민에 빠진 글을 몇 쪽이나 질질 끌면서 써 내려가곤 합니다." 학생들은 이 말을 믿으려 하지 않는다. 하지만 그들도 내 노트를 읽어 본다면 이 말이 사실임을 알게 될 것이다. 이 층에 사는 내

뼛속까지 내려가서 써라

친구 역시 이렇게 말했으니까.

"그렇게 말도 안 되는 글을 썼던 네가 지금처럼 멋진 글을 쓰게 되었다니 놀라워! 너를 보면 나 역시 세상에서 못 할 일이 없을 것 같다는 생각이 들어. 내가 할 수 있는 일이 무엇인지 이제는 알 것 같아."

그녀는 온통 불평불만과 진부한 묘사 그리고 악에 받친 분노로 점철된 내 노트에서 한 가지 중요한 사실을 발견했다고 고백했다.

"나탈리, 나는 네가 '이런 일을 하는 나는 정말 바보다.'라는 생각을 할 때조차, 그 사실을 계속해서 글로 옮기고 있었다는 사실을 깨달았지."

그 말은 사실이었다. 나는 습작 시절의 훈련이 소중하다는 믿음을 꼭 붙잡고 있었다. 그때 나는 뉴멕시코 주 타오스에서 살고 있었는데, 육 개월 동안 오직 '조스'라는 영화 한 편만을 상영하는, 아무리 둘러봐도 산밖에 보이지 않는 마을이었다. 날씨는 항상 건조했으며 생활은 지루하기 짝이 없었다.

그러나 나는 내 인생의 밑바닥에서 무언가가 나를 지탱하고 키워주고 있다는 믿음만은 늘 가지고 있었다. 내가 가야 할 나만의 길이 하나는 있을 것이라는 신념은 놓치지 않았다. 비록 마음은 아무런 감흥 없이 무감각하게 가라앉아 있거나 잡념들로 산만하게 채워져 있곤 했지만. 그 시절 내가 가지고 있는 것이라곤 오로지 그런 산만한 마음과 그동안 살았던 인생이 전부였다. 나는 거기서부터 글을 쓰기 시작했다.

"나는 내가 누구인지 알려 주는 이 노트를 통해 내가 진보하고 발전하고 있음을 안다. 이 노트는 한 인간의 존재 증명이다."

이처럼 당신이 자신의 마음에서 나온 것들로 글을 쓰기 시작했다면, 앞으로 오 년 동안 쓰레기 같은 글만 쓸 수도 있다는 사실을 받아들여야 한다. 왜냐하면 우리는 그보다 더 많은 세월 동안 글쓰기를 멀리하며 살았기 때문이다.

우리는 스스로가 게으르며 불안정하고 자기혐오나 두려움에 싸인 존재, 정말 말할 가치도 없는 존재라는 사실과 직면하는 순간을 경험할 필요가 있다. 그때 당신은 더 이상 어디로도 도망칠 수 없는 막다른 골목에 다다를 것이다. 이제 당신은 별수 없이 자신의 마음을 종이 위에 풀어 놓아야 하며, 그 가련한 목소리가 들려주는 말을 경청해야 한다.

이런 쓰레기와 퇴비에서 피어난 글쓰기만이 견고한 글이 된다. 당신은 그 무엇으로부터도 도망치지 않게 된다. 당신은 예술적 안정성을 지니게 된다. 안에서 울려나오는 목소리를 두려워하지 않는다면, 바깥에서부터 쏟아지는 어떤 비평도 무섭지 않다.

실제로 옛날 습작 노트를 다시 읽고 나서, 나는 내가 스스로에게 너무 많이 응석을 부렸으며 정리되지 않은 생각 속에서 너무 오래 방황했다는 사실을 알게 되었다.

자신의 문제점이 무엇인지 아는 것도 좋은 일이다. 그저 문제가 있다는 사실을 인식하는 것만으로도 훌륭하다. 이런 인식이 생긴 뒤에는 아름다움과 다정한 배려, 명료한 진실을 선택할 수 있는 튼튼한 갑옷을 얻게 되기 때문이다. 이제는 두려움을 등에 진 채 무작정 아름다움을 좇아 거칠게 달려가지 않게 된다.

습작을 위한
글감 노트 만들기.

글을 쓰기 위해 책상 앞에 앉았지만 막상 무엇을 써야 좋을지 아무런 생각이 나지 않는 경험을 종종 했을 것이다. 텅 빈 백지가 공포스럽게 느껴지면서 잡아먹을 듯 위협을 해 온다. 이것저것 끄적거려 보다가 지우기를 반복하고, 이런 식으로 십 분만 지나면 점점 의욕은 식고 짜증이 나게 마련이다.

"아, 무슨 이야길 쓰지? 뭘 써야 좋을지 생각나지 않아."

이런 때를 위해 평소 쓰고 싶은 주제가 떠오를 때마다 아이디어를 적어 두는 노트를 따로 마련해 두자. 단 한 줄짜리 짧은 글일 수도 있다.

번개처럼 지나가는 기억도 주제 목록에 첨가할 수 있다. 잇몸이 부실해서 고생했던 할아버지, 지난 유월을 물들이던 라일락

뼛속까지 내려가서 써라

향기, 발등 부분만 다른 빛깔인 운동화를 신었던 어린 시절 자신의 모습 등등. 어떤 것이든 모두 글의 재료가 된다. 글을 쓰고 싶은 주제가 떠오르면 언제라도 노트에 적어 두라. 그것이 한 단어이든 한 문장이든 이러한 목록들은 당신이 다음에 글을 쓰고자 할 때 요긴하게 끄집어내어 사용할 수 있는 글감이 될 것이다.

이처럼 목록을 만들어 보는 일은 글쓰기 훈련에서 더없이 좋은 방법이다. 이 방법은 일상 속에 숨어 있는 글쓰기의 재료들을 찾아내는 훈련이 될 뿐 아니라, 글쓰기가 바로 당신의 인생과 그 인생에서 탄생하는 산물임을 깨닫게 한다.

이런 식으로 삶의 경험들을 삭혀서 퇴비로 만드는 것이 바로 글쓰기의 시작이다. 이렇게 글감을 수집하는 과정에서, 당신의 육체는 자연스럽게 글쓰기 작업과 친숙해지고 지난 경험들을 관찰하기 시작한다. 당신이 글을 쓰기 위해 책상 앞에 앉지 않았을 때조차 글쓰기는 끊임없이 당신의 삶 속에서 진행된다. 삶의 모든 순간순간을 통해 양분을 흡수하고 태양열을 빨아들여, 점점 무성하고 진한 초록 잎을 지닌 식물로 자랄 준비를 하는 것이다.

글을 쓰려고 자리에 앉긴 했지만 이것저것 많은 생각들이 한꺼번에 떠올라, 이야기 주변만 어슬렁거리다 끝내 종이 위에는 한 글자도 쓰지 못하는 수도 있다. 이런 사람에게 글감 노트는 글쓰기의 방향을 잡아 주는 역할을 한다. 일단 글쓰기를 시작하게 되면 자신의 마음이 어느새 한 가지 주제에 몰입하고 있다는 사실을 발견하고 놀라게 될지도 모른다. 바로 이것이다. 이제 당신은 자신이 쓰는 글을 통제하려고 애쓰지 않아도 된다. 그저 지금 당신이 머물러 있는 길 위에서 계속 걸음을 떼면 된다. 손은 멈추지 않고 계속 종이 위를 달려가고 있으니까.

다음은 내가 제안하는, 글감 노트를 만들고 활용하는 방법들이다.

1. 창문을 뚫고 들어오는 빛의 성질에 대해 써 보자. 어떻게 쓸까 겁내지 말고 용기 있게 무작정 뛰어들라. 글을 쓰는 시각이 밤이든 낮이든, 또는 방에 커튼이 쳐져 있든 아니든 그런 것에 개의치 말라. 있는 그대로 느낀 그대로 써 내려가라. 십 분, 십오 분, 삼십 분, 시간을 정해 놓고 멈추지 말고 계속 적어 가라.

2. '기억이 난다.'라는 문장으로 시작해 보자. 아주 작고 사소한 기억이라도 머릿속에 떠오르는 대로 모두 적어 본다. 그러다가 중요한 기억이나 선명한 기억이 떠오르면, 바로 그것을 구체적으로 적어 내려간다. 멈추지 말라. 계속 적어라. 그 기억이 오 분 전에 일어났던 일이든 오 년 전 일이든 중요하지 않다. 그 모든 것이 당신이 쓰는 행위를 통해 기억으로 다시 살아나게 만들라. 만약 막히면, 다시 '기억이 난다.'라는 첫 구절

뼛속까지 내려가서 써라

로 돌아가 계속 적어 보라.

3. 긍정적이든 부정적이든 아주 강력한 감정을 불러일으키는 것을 골라서 아주 사랑하는 것처럼 글을 써 보라. 엄청나게 좋아하는 것처럼 생각을 확장시켜야 한다. 다음에는 같은 것을 두고 싫어하는 시각으로 글을 적어 보라. 이어서 끝으로, 완전히 중립적인 관점에서 새롭게 글을 써 보라.

4. 한 가지 색, 예를 들면 분홍색만을 생각하며 십오 분 동안 산책해 보자. 산책하는 동안 주변의 자연과 사물에서 분홍색을 발견할 수 있는지 주의 깊게 관찰하자. 그리고 이제 노트를 펼치고 그 경험에 대해 십오 분 동안 적어 보라.

5. 오늘 아침 당신의 모습을 적어 보라. 아침 식사로 뭘 먹었는지, 잠에서 깨어날 때 기분이 어땠는지, 버스 정류장까지 걸어가는 길에 무엇을 보았는지 등등 할 수 있는 한 구체적으로 서술하라. 긴장을 풀고 당신의 아침을 구성했던 모든 세부 사항을 하나씩 묘사해 보는 것이다.

6. 진정으로 아끼고 사랑하는 장소를 시각화해 보라. 지금 그 장소에 있는 것처럼 생생하게 머릿속에 떠올려 보라. 그런 다음 이제는 눈에 보이는 것을 글로 담는다. 당신의 방 한구석

일 수도 있고, 여름 내내 앉아 쉬던 나무의 그루터기일 수도 있고, 동네 패스트푸드점의 탁자일 수도 있다. 그 곳은 주로 어떤 색으로 채워져 있는가? 무슨 소리가 들려오는가? 또 어떤 냄새가 나는가? 읽는 사람이 마치 그 장소에 와 있는 듯한 착각이 들도록 글을 써야 한다. 그리고 당신이 그 장소를 사랑한다는 직접적인 표현 때문이 아니라, 글에 나타난 세부 묘사를 통해 당신이 그 장소를 얼마나 사랑하는지 알게 해 주어야 한다.

7. '떠남'에 대해 써 보자. 내용은 어떤 것이라도 상관이 없으며 단지 당신이 원하는 방식으로 접근하는 것이 중요하다. 이혼, 외출, 전학, 실종, 친구의 죽음,…… 어떤 것이든 떠남을 위한 소재가 된다.

8. 어린 시절로 거슬러 올라가 보자. 기억할 수 있는 최초의 기억은 무엇인가?

9. 당신이 사랑했던 사람들은 누구였는가?

10. 살고 있는 도시에 대해 써 보라.

11. 당신의 할아버지, 할머니에 대해 묘사해 보라.

뼛속까지 내려가서 써라

12. 다음과 같은 것들에 대해 적어 보라. 모호하고 추상적인 표현은 금물이다. 있는 그대로 솔직하고 상세하게 접근해야 한다.

- 수영하기
- 하늘에 떠 있는 별
- 당신이 경험한 가장 무서운 일
- 초록빛으로 기억되는 장소
- 성性에 대한 의식이 생기게 된 동기 혹은 최초의 성 경험
- 신의 존재나 자연의 위대함을 깨달았던 개인적인 체험
- 당신의 인생을 바꾼 책이나 문구
- 육체가 가진 한계와 극복
- 당신이 스승으로 섬기는 인물

13. 시집 한 권을 꺼낸다. 아무 쪽이나 펼쳐 마음에 드는 한 줄을 골라 적은 다음, 거기서부터 계속 이어서 글을 써 보자. 골라 낸 구절이 명문名文이라면, 당신은 이미 무척 높은 수준에서부터 시작한 것이므로 많은 도움이 될 수 있다. 쓰다가 막히면 첫 줄을 다시 적은 다음 새로 이어서 쓴다. 다시 쓰는 글은 좀 전에 썼던 글과는 완전히 다른 방향으로 써 본다.

14. 동물이 되었다고 상상해 보라. 당신은 어떤 동물인가? 줄무

늬 다람쥐인가, 여우인가, 혹은 땅 밑에 사는 두더지인가?

이런 요령으로 지금 당장 자신만의 글감 노트를 정리하고 활용해 보라. 글쓰기 훈련에 이보다 더 좋은 방법은 없다.

글이 안 써질 때도 글을 쓰는 법.

'훈련'이란 언제나 잔인한 단어이다. 나는 이 단어를 가지고 나의 게으름을 토벌하려 했지만, 소원대로 효과를 거둔 적은 단 한 번도 없었다. 폭군과 저항군 사이의 싸움은 영원히 사라지지 않을 것 같다.

"난 글을 쓰고 싶지 않아."

"너는 글을 써야 해."

"나중에 쓸래. 지금은 피곤해."

"지금 당장 써야 해."

그동안 내 노트는 텅 비어 있다. 이 텅 빈 노트는 에고가 끊임없이 싸우고 있음을 보여 주는 또 다른 모습이다.

나의 스승 카타기리 선사는 이런 심리에다가 '두부와의 싸

뼛속까지 내려가서 써라

움'이라는 멋진 이름을 붙여 주었다. 두부는 콩으로 만든 치즈 같은 것이다. 물론 진짜 치즈는 아니다. 따라서 이런 치즈를 구하려 애쓰는 것은 부질없는 짓이다. 이 세상 어디를 뒤져도 없는 치즈이기 때문이다. 이것은 실재하지 않으나 우리의 마음속에서 실재하는 것처럼 행세하는 허상이다.

당신 속에서 싸움을 원하는 마음이 있다면 싸우도록 그냥 내버려 두라. 하지만 그 싸움의 한구석에서, 제정신을 차리고 있는 실제적인 마음이 조용히 일어나도록 해야 한다. 그 마음이 노트로 옮겨져 더 깊고 평화로운 곳에서부터 나온 글을 쓸 수 있도록 해야 한다.

불행하게도 우리의 마음속에는 이 두 개의 마음이 같이 살기 때문에, 때로는 그것이 동시에 글로 나타난다. 더구나 우리는 이 두 싸움꾼들을 언제까지나 묶어 두고 억누를 재간이 없다. 억누를수록 이 싸움꾼들은 더욱 결사적으로 들고 일어서는 성향이 있다. 그러므로 오 분 혹은 십 분 동안 그들이 노트에 대고 소리치는 것을 허락해 줄 수밖에 없다. 그 감정이 이끄는 대로 글쓰기 속으로 빠져들라. 싸움을 걸어오는 목소리들에게 글 쓰는 공간을 허락하고 나면 그들의 불만이 너무도 빠르게 사그라드는 놀라운 경험을 하게 될 것이다.

게으름을 물리치고 글쓰기 작업에 들어가는 방법을 만들어 내는 일은 아주 중요하다. 이 방법을 찾아내지 못한다면 설거지가 이 세상에서 가장 중요한 일이 되어 버릴지도 모른다. 또 무엇이든 글을 쓰지 못하게 만드는 핑계를 잡아 수시로 옆길로 새게 될지도 모른다.

결국 글을 쓰는 사람은 입을 굳게 다물고 앉아서 쓸 수밖에 없다. 이것은 매우 고통스러운 작업이다. 글쓰기 작업은 아주 단순하고, 근본적이며, 엄숙한 일이다. 인간의 마음은 간사해서 고독한 글쓰기에 전념하기보다는, 친구와 멋진 식당에 앉아 인간의 인내심에 대해 토론하거나 글쓰기의 고통을 위로해 줄 상대를 찾아가는 데에 마음이 이끌리게 마련이다. 이렇게 우리는 지극히 단순한 임무를 스스로 더욱 복잡하게 만들어 버리는 경향이 있다.

선가禪家에는 다음과 같은 말이 있다.

"말할 때는 오로지 말 속으로 들어가라, 걸을 때는 걷는 그 자체가 되어라, 죽을 때는 죽음이 되어라."

그러므로 글을 쓸 때는 쓰기만 하라. 열등감과 자책감으로 중무장한 채 자신을 학대하는 싸움은 하지 말라.

다음은 예전에 글이 잘 써지지 않았을 때 나 자신을 달래던 방법들이다.

1. 한동안 글을 한 줄도 쓰지 못하던 시절이 있었다. 나는 친구에게 전화를 걸어 일주일 후 작품을 보여 주겠다고 약속했다. 친구에게 보여 줄 무언가를 쓰지 않으면 안 되게 만든 것이다.

뼛속까지 내려가서 써라

2. 나는 아침에 일어나면 자신에게 이렇게 말한다.

"좋아, 나탈리! 너는 오전 열 시 전까지는 마음대로 해. 하지만 열 시 이후부터는 반드시 펜을 잡고 있어야 해."

나는 스스로에게 내가 있을 시간과 공간을 할당하고 제한을 두었다.

3. 아침에 일어나면 세수도 하지 않은 채, 어떤 누구에게도 말을 걸지 않고, 곧장 책상으로 달려가 쓰기 시작했다. 글을 쓰기 싫다는 생각이 들기 전에, 글을 쓰기 시작해버린 것이다.

4. 글쓰기 강사 일을 하던 시절의 이야기다. 녹초가 되어 집에 돌아오면 글을 쓴다는 일은 정말 귀찮아진다. 그런데 집에서 세 구역 떨어진 곳에 직접 구운 맛있는 초코칩 쿠키를 파는 제과점이 있었다. 손님용 탁자도 마련된 이 제과점의 주인은 손님이 하루 종일 죽치고 앉아 있어도 아무런 눈치를 주지 않는다. 그래서 나는 일을 마치고 집에 돌아온 지 한 시간쯤 지나면 이렇게 자신에게 말을 걸었다.

"나탈리, 지금 그 크로와상 가게로 가서 딱 한 시간 동안만 글을 쓰는 거야. 그동안 너는 세상에서 제일 맛있는 초코칩 쿠키를 두 개는 먹을 수 있잖아."

맛있는 초코칩 쿠키에 매우 약한 나는 대개 십오 분 안에 집을 나섰다.

5. 나는 한 달에 노트 한 권 정도는 채우려고 애를 쓴다. 글의 질은 따지지 않고 순전히 양만으로 내 직무를 판단한다. 그러니까 내가 쓴 글이 명문名文이든 쓰레기이든 상관없이 무조건 노트 한 권을 채우는 일 자체를 중요하게 생각하는 것이다. 만약 이십오 일이 되었을 때 노트가 다섯 장밖에 채워져 있지 않다면, 나는 나머지 오 일 동안 전력을 다해 나머지 노트를 꽉 채우고야 만다.

여러분도 자신에게 편리한 방법을 얼마든지 만들어 낼 수 있다. 우리는 글이 안 써질 때도 무조건 계속해서 글을 써야만 한다. 그리고 밑도 끝도 없는 죄의식과 두려움, 무력감에 사로잡혀 있는 것은 쓸데없는 시간 낭비이다. 글을 쓸 수 있는 시간만 있다면, 어떤 글이든지 쓰겠다는 자세가 중요하다.

편집자의 목소리를 무시하라.

습작 시절부터 '자기 속의 작가'를 내면의 편집자 또는 검열관과 분리시키는 능력을 키워야 한다. 그래야만 작가가 자유롭게 호흡하고 탐험하며 표현할 공간을 가질 수 있기 때문이다.

만약 당신이 열심히 창조적인 목소리를 내려는데 편집자가 성가시게 달라붙는 느낌이 들어 작업을 진행하기 힘들다면, 편집자 입에서 나올 법한 소리를 한번 적어 보라. 아주 사실적으로, 실감나게 적어 보는 것이다.

편집자의 입에서 나올 만한 소리에는 어떤 것이 있을까?

"당신은 사기꾼이야. 대체 누가 당신 같은 인간이 글을 쓸 수 있다고 하겠어? 당신 작품? 엿 같아! 정말 황당하군. 말할 가치도 없는 인간이야. 더구나 여기 이것 좀 보라고. 맞춤법도 틀렸잖아. ……."

어디서 많이 들어 본 소리 아닌가?

편집자를 정확히 알면 알수록 편집자를 무시해 버리기도 한결 수월해진다. 조금만 시간이 지나면 편집자가 하는 말은 늙은 술주정뱅이가 뒤에서 종알거리는, 그렇고 그런 허튼소리임을 알게 된다. 그러니 별 의미도 없는 말에 귀를 기울여 쓸데없이 그의 힘을 키워 주는 바보짓은 하지 말라.

만약 당신이 "진부해!"라고 말하는 편집자의 소리를 들어 주고 거기에 낙담해서 글쓰기를 중단한다면, 그것은 결과적으로 편집자가 옳았다는 것을 인정하는 것밖에 되지 않는다. "당신은 진부해!"라는 말을, 멀리서 바람에 날리는 흰 빨래 정도로 여기라. 결국 그 빨래는 마를 것이고, 아주 멀리 있는 누군가가 그것을 개어 집으로 가져갈 것이다. 그동안 당신은 글을 쓰면 그만이다.

뼛속까지 내려가서 써라

미네소타 주 엘크톤, 이른 사월, 학교 주변에는 아직 파종을 하지 않은 들판이 펼쳐져 있다. 그리고 하늘은 진한 잿빛이다. 스물다섯 명의 중학교 2학년 학생들이 '랍비'의 철자법을 묻는다. 나는 대답을 해 주면서 내가 유대인이라는 사실까지 말한다. 학생들 모두가 생전 처음 유대인을 보았다고 말한다. 나는 지금 이 순간 이들에게는 내가 '유대인'의 대표로 보일 것이라는 사실을 직감한다.

나는 사과를 먹으며 걷고 있다 : 모든 유대인이 지금 사과를 먹고 있다. 나는 학생들에게 작은 시골 마을에서는 살아 본 적이 없다고 말한다 : 유대인들은 모두 도시에서 살고 있다.

학생 한 명이 혹시 포로수용소에서 지낸 친척이 있는지 묻는다. 그리고 우리는 독일인에 대해서도 이야기한다. 학생들 대부분이 독일계 후손이다.

이곳 학생들은 아주 따뜻한 마음과 나약할 정도로 민감한 감수성을 지니고 있다. 그들은 자신들이 마시는 물이 어떤 샘에서 솟아나는지 알고 있다. 달릴 때 이마를 간지럽히는 머리카락의 느낌이 어떤지도 알고 있다. 이런 학생들에게 사실상 내가 시를 운운하며 가르칠 것은 없다. 이들은 이미 시 속에서 살고 있다. 세상의 사물과 가까이 있다. 그래서 이번에는 내가 묻는다.

"여러분은 어디서 왔죠? 여러분은 누구죠? 여러분을 만든 것은 무엇이죠?"

나는 그들에게, 내가 도시 출신이지만 이런 들판을 알고 있다고 말한다.

"직접 경험한 것만이 체험의 전부는 아닙니다. 사람에 따라서는 누군가 써 놓은 글을 읽으면서도 체험할 수 있어요. 뉴욕에서 한 번도 살아보지 못한 사람이 뉴욕의 모든 도로 이름을 알 수 있는 것처럼요. 여러분 속에는 다른 이들의 삶도 들어가 있습니다."

이것이 글쓰기를 파생시키는 한 가지 방법이다.

나는 수업 계획을 미리 세워 두지 않는다. 그보다는 그때그때 주어지는 상황에 겁먹지 않고, 항상 열린 마음으로 충실하려 애쓴다. 그리고 매번 이 방법이 옳았다는 것을 깨닫는다. 비결이 있다면, 마음을 계속 열어 두고 있는 것이다.

만약 내가 맨해튼 중심부의 저소득자 거주 지역에 있는 학교에서 수업을 맡게 되었다고 하자. 내가 이 사실에 겁을 먹는다면, 나는 알려져 있는 모든 종류의 글쓰기 방법으로 완전무장을 하고 교실로 들어갈지도 모른다. 뉴욕이라는 대도시에서 자란 나는 뉴욕의 부정적인 면을 너무 많이 알고 있다. 이런 사실은 모든 사람에게, 특히 나의 경우에는 큰 손실이 될 수 있다. 내가 겁을 낸다면, 내가 쓰는 글도 왜곡되어 진실이 무엇인지 밝히지 못하게 될 테니까 말이다. 물론 누군가는 "겁을 낼 이유가 있으니까 겁을 내는 거잖아!"라고 말할지 모른다. 하지만 전혀 그렇지 않다. 그것은 그렇게 생각하려는 마음의 핑계일 뿐이다.

1970년에 대학을 졸업하고서 나는 디트로이트 주에서 대리 교사로 일했다. 인종 파동이 일어난 직후여서 학생들 사이에서도 블랙파워(백인들의 인종적 차별을 타파하기 위한, 미국 흑인들의 사회적·정치적 지위 향상 운동 - 편집자) 분위기가 팽배한 시절이었다. 나로 말하면 이제 막 대학을 졸업하고 디트로이트에 발을 들여놓은, 꿈에 부푼 순진한 교사였다. 나는 새로운 모든 것들을 열린 마음으로 받아들이리라 결심했다.

나는 흑인 학생들만 다니는 고등학교 영어 시간에 대리 교사로 가라는 지명을 받았다. "물론 좋지! 나는 대학에서 영문학을 전공했잖아."라고 나는 생각했다. 나는 하드커버로 장정된《영미문학 개론》을 가슴에 꼭 안은 채 배정된 교실로 뛰어들었다. 종소리가 울리기 무섭게 우락부락한 고등학교 2학년 흑인 남학생들이 교실 안으로 쏟아져 들어왔다.

"헤이, 이봐, 아가씨! 여기 뭣 하러 왔어?"

학생들은 자리에 앉아 공부할 의사가 전혀 없어 보였다. 하지만 나는 신경 쓰지 않았다. 지금은 영어 시간이고, 나는 문학과 사랑에 빠져 있었으니까.

"자, 잠깐만, 여러분에게 이 시들을 나눠 주고 싶어요. 내가 아주 좋아하는 시들이죠."

나는 대학 시절 룸메이트를 쫓아내고 싶을 때마다 큰 소리로 읽었던 제럴드 만레이 홉킨스Gerard Manley Hopkins의 '신의 웅장함God's Grandeur'이란 시를 낭송하기 시작했다. 내가 시를 읽기 무섭게 학생들은 무거운 침묵으로 빠져들었다. 그러자 한 학생이 위대한 흑인 시인인 랭스턴 휴즈Langston Hughes의 시집을 나에게 내밀었다.

"이것도 읽어 주세요."

그렇게 해서 사십오 분의 수업 시간은 학생들이 듣고 싶어 하는 흑인 시인들의 작품을 큰 소리로 읽는 것으로 채워졌다.

작가는 작품을 쓸 때 모든 것을 항상 처음 대하는 기분으로 바라볼 줄 알아야 한다. 엘크톤에 사는 어느 교사가 나에게 전화를 걸어 이렇게 말했다.

"아이들 책상 밑을 한번 보세요. 바닥이 온통 신발에서 묻어온 흙 때문에 아주 지저분하죠. 정말 좋은 신호예요. 봄이 왔다는 신호이니까요."

나는 그녀의 말을 들은 다음에야 처음으로 신기한 눈으로 주

뼛속까지 내려가서 써라

위를 둘러보기 시작했다.

어떤 것이 이상적인 글쓰기인가? 무엇에 대해 써야 할까? 당신 앞에 있는 것이 무엇이든지 바로 거기서부터 출발하라. 그런 다음 그 속으로 파고들어라. 당신이 가지 못하는 곳은 없다. 그리고 당신이 알고 있는 모든 것을 말하라.

정보가 부족해서 자신이 쓴 글을 증명하지 못한다고 걱정하지 말라. 내가 엘크톤을 둘러싼 들판을 알고 있다고 자신 있게 말한 것은 그곳의 지리학적인 정보를 안다는 뜻이 아니라, 내 마음이 그 들판 속으로 영원히 산책하고 싶어 한다는 사실을 안다는 뜻이었다.

당신이 엘크톤에 사는 시인이나 트랙터 회사의 영업 사원, 또는 서부로 떠나는 여행자가 아니라도 상관없다. 당신의 글쓰기에서 나타내고자 하는 것이면 그 무엇이든지, 그것이 가는 대로 풀어 놓아라.

글쓰기는 글쓰기를 통해서만 배울 수 있다.

글을 쓰는 데에 자신의 재능이나 잠재력을 문제 삼을 필요는 없다. 재능과 실력은 훈련을 거쳐 가면서 커지는 법이다. 카타기리 선사가 말했다.

"우리의 잠재력은 지구 표면 밑에 있는, 보이지 않는 지하수면과 같습니다."

누구라도 이 지하수면에 가 닿을 수 있다. 그것은 당신의 노력 여하에 달려 있다. 그러므로 글쓰기 훈련을 계속하라. 그런 다음 자신의 목소리를 스스로 믿을 수 있게 되었을 때, 그 목소리가 이끄는 곳으로 곧장 나아가라.

만약 장편을 쓰고 싶다면 장편을 써라. 쓰고 싶은 글이 에세이이거나 단편이라면, 그렇게 쓰면 된다. 장르에 상관없이 원하

뼛속까지 내려가서 써라

는 글을 써 보는 과정에서 그 장르가 갖는 특성을 배우게 된다. 당신은 점점 자기만의 기술과 기법을 만들어가고 있다는 확신을 가지게 될 것이다.

하지만 바람직하지 않은 정신 자세로 글쓰기를 시작하는 사람들이 많다. 글쓰기를 배운답시고 쓸데없이 대가들과 문학 강의를 좇아 철새처럼 옮겨 다니는 사람들이다. 하지만 진실은 아주 간단하다. 글쓰기는 글쓰기를 통해서만 배울 수 있다는 사실이다. 자신의 바깥에서는 어떤 배움의 길도 없다. 당신이 훌륭한 대가를 열 사람이나 만난다 하더라도 그것으로는 글쓰기를 배우지 못한다.

여기 비슷한 예가 있다. 비만으로 고민하던 내 남자 친구 중하나가 드디어 운동을 시작하기로 결심했다. 그는 필요한 정보를 충족시킬 책을 구하러 서점을 찾았다. 하지만 운동법이 적힌 책을 읽는 것 가지고는 절대 살을 뺄 수 없는 법이다. 체중을 줄이기 위해서는 실제로 운동을 해야 한다.

공교육이 저지르는 가장 끔찍한 잘못은 타고난 시인이자 소설가인 어린 학생들에게서, 그들의 문학을 빼앗는 것이다. 학교에서의 문학 수업은, 어린이들에게 문학 작품을 읽게 한 다음 곧바로 문학에 '대해서'만 말을 늘어놓기 시작한다.

한 편의 시를 놓고서, 학교 수업은 살아 숨 쉬는 시의 생명력을 느끼게 하기보다 은유법과 상징법을 찾아 낱낱이 해부해 버리고 만다. 학교는 우리에게, 시를 대할 때는 시인이 언어 속에 숨겨 둔 비밀의 열쇠를 찾아내야 한다고 가르친다. 하지만 시는 미스터리 소설이 아니다. 맥박이 뛰고 따뜻한 피가 흐르는 언어로 된 생명체이다.

우리는 그냥 그 시에 최대한 몰입해야 한다. 그 시를 쓰며 시인이 보았던 이미지를 다시 불러와야 한다. 그러니 학교에서 가르치듯이, 정작 시의 온기에서는 발을 떼고 시에 '대하여' 말하는 데에만 열을 올리는 어리석은 짓은 하지 말자. 시에 머물 수 있도록 가까이 다가가라. 작품 자체 속으로 들어가라. 그것이 시 쓰기를 배우는 방법이다.

뼛속까지 내려가서 써라

작가와 작품은 별개이다.

우리가 실존하고 있다는 생각, 그것은 착각이다. 우리는 우리가 쓰는 글이 견고하며 영구불변한 구조물이라고 생각한다. 하지만 그것은 진실이 아니다. 우리가 쓰는 글은 순간이 만들어 낸 작품이다.

때때로 시 낭송회장처럼 전혀 알지 못하는 사람들 앞에서 내가 쓴 시를 읽을 때, 나는 사람들이 나와 내 작품을 똑같은 것으로 혼동하고 있다는 느낌을 받을 때가 많다. 하지만 내가 낭송한 시는 내가 아니다. 설령 시에서 '나'라는 단어를 들먹인다 할지라도 마찬가지다. 내가 만들어낸 시는 그 시를 쓰고 있을 때의 내 생각, 내 손, 나를 둘러싼 공간과 내가 느낀 감정들일 뿐이다.

스스로 속지 않도록 경계하라. 시시각각 우리는 변한다. 그리고 매 순간마다 변한다는 사실, 이것처럼 좋은 기회도 없다. 우리는 한순간에 얼어붙어 있던 자신과 자신의 이상에서 빠져 나와 신선하게 무언가를 다시 시작할 수 있다. 이것이 글쓰기이다. 글쓰기는 우리를 동결시키는 것이 아니라 우리를 자유롭게 흐르도록 하는 것이어야 한다.

이제는 늙은이가 되어 버린 남편, 낡은 구두에 대한 느낌, 또는 마이애미에서 어느 흐린 날 아침에 먹었던 치즈 샌드위치에 대한 기억, 이런 것들을 적어 내리는 능력이 생겼다는 것은 당신이 드디어 내면에 있는 것들과 손을 잡았다는 증거이다. 당신은 더 이상 내면에 있는 것들과 싸우지 않는다. 그래서 당신은 자유롭게 된다. 이전까지 싸움의 대상이었던 것들이 이제는 당신과 하나가 되고 당신을 도울 것이다.

내가 쓴 시 가운데 '희망이 없다'라는 제목의 긴 시가 하나 있다. 이 시만 읽으면 나는 언제나 기분이 좋아진다. 나에게도 절망과 공허에 대해 적을 수 있는 능력이 있다는 사실과, 또 이 사실에서부터 내가 두려움을 떨치고 다시 생생하게 살아나는 것을 느낄 수 있기 때문이다. 하지만 이 시를 읽은 다른 사람들은 한결같이 나에게 "정말 안됐어."라고 말한다. 내가 아무리 그렇지 않다고 설명해도 어느 누구도 내 말을 듣지 않는다.

나와 내가 쓴 작품은 별개라는 사실을 꼭 기억하라. 물론 사람들은 저마다 자기가 원하는 대로 반응할 것이다. 하지만 다른 사람들은 상관없다. 우리가 힘을 얻는 곳은 언제나 글 쓰는 행위 자체에 있기 때문이다.

글쓰기로 다시, 또 다시 돌아가라. 당신이 쓴 시가 너무 좋다고 경탄하는 소리에 넘어가거나 사로잡혀서는 안 된다. 그야말로 바보짓이다. 당신이 한 번만 길을 잘못 터 주어도, 사람들은 싫증 날 때까지 당신 시를 읽어 달라고 조를 것이다. 그러므로 당신은 좋은 시를 쓰고, 그 시에서 떠나라. 당신이 쓴 시를 세상 사람들이 읽게 만들고, 당신은 계속 또 다른 시를 쓰는 것이다.

내가 아는 시인 중에 첫 시집을 내면서 사람들에게 인기를 끌고 유명해진 이가 있었다. 언젠가 나는 앤 아버 근처의 시 낭송회장에서 자신의 시를 낭송하는 그 시인을 보았고, 시의 내용이 신선하고 재미있다고 느꼈다. 그로부터 육 년이 지났고, 나는 산타페에서 다시 한 번 그의 시 낭송회장에 참석하게 되었다. 그는 지난 육 년 동안 매번 똑같은 시를 낭송하고 다녔기 때문에 아주 염증을 내고 있었다. 그가 쓴 다른 시에서는 이제 더 이상 열정이나 긴장감이 없었고, 뜨겁던 시정詩情도 보이지 않았다.

자신이 지은 시 때문에 상상력이 마비되고 필요 이상으로 다른 사람을 의식해야 하는 것처럼 고통스러운 일은 없다. 진짜 인생은 글 쓰는 행위에 있는 것이지 같은 작품을 몇 년 동안 되풀이해서 읽고 또 읽는 것에 있지 않다.

우리는 새로운 시각으로 새로운 꿈을 꾸는 일을 멈추어서는 안 된다. 우리는 만고불변의 형태로 존재할 수 없다. 시 한 줄 속에 처박혀 있어도 영원히 만족할 수 있는 영구불변의 진실이란 없다. 자신이 만들어 낸 작품과 자신을 지나치게 일치시켜서는 안 된다.

당신은 또 다른 흐름에 몸을 맡기기 위해 앞으로 나아가야 한다. 시에 들어가 있는 단어는 당신이 아니다. 당신의 몸을 빌려 밖으로 표출되었던 '위대한 순간'이다. 그 순간을 잡아내어 글로 옮길 수 있도록 항상 깨어 있는 것이 작가가 할 일이다.

사고의 모든 경계를 허물어뜨려라.

몇 년 전 어느 신문에, 인도에 가면 자동차를 먹는 요기가 있다는 기사가 실렸다. 자동차 한 대를 한 번에 먹어 치우는 것이 아니라 일 년에 걸쳐 천천히 먹는다는 내용이었다.

나는 이렇게 이상한 이야기에 각별히 관심을 갖는다. 그는 몇 살이나 되었을까? 자동차를 먹고 체중이 불었을까? 치아가 전부 성할까? 혹시 라디오나 TV도 먹어 치울까? 그가 먹었다는 자동차는 무엇으로 만들어졌을까? 혹시 휘발유도 마시지 않았을까?

그 뒤 미네소타 주의 어느 초등학교에서 3학년생들을 가르치게 되었을 때 나는 이 요기 이야기를 꺼내 보았다. 아이들은 얼굴이 벌개져 흥분을 감추지 못했다. 드디어 첫 번째 질문이 터저 나왔다. "그 사람은 왜 자동차를 먹는데요?" 그러자 여기저기서 우욱, 왝왝거리며 야단을 피웠다. 하지만 억센 머리카락에 갈색 눈을 가진 한 학생은(그는 나중에 나의 영원한 친구가 되었다.) 나를 말끄러미 쳐다보더니 느닷없이 큰 소리로 웃음을 터뜨렸다. 나도 맞받아 깔깔 웃기 시작했다. 얼마나 환상적인 이야기인가! 자동차를 먹고 사는 사나이가 있다니! 이 요기 이야기에는 애초부터 논리 같은 것이 비집고 들어갈 틈이 없었던 것이다.

우리는 바로 이런 태도로 글쓰기에 임해야 한다. "왜?"라고 끊임없이 묻거나 옷을 고를 때처럼 신경을 곤두세우는 대신, 우리 마음은 모든 것을 게걸스럽게 먹어 치울 정도로 열려 있어야 한다. 그리고 그 엄청난 에너지를 종이 위에 쏟아붓도록 해야 한다. '이건 글을 쓰기에 좋고, 저것은 이야깃거리가 못 된다.'라는 식의 생각은 버려야 한다. 작가는 두려움 없이 무조건적으로 모든 것을 써 낼 수 있는 용기를 가지고 있어야 한다.

글쓰기와 인생 그리고 정신은 따로 존재하는 것이 아니다. 아무런 경계가 없다. 자동차를 먹는 사람을 창조해 낼 정도로 생각을 자유롭게 하는 사람만이 개미를 코끼리로 만들고 남자를 여자로 바꿀 수 있다. 이런 사람만이 각각의 분리되어 있는 형태들을 무너뜨리고 모든 형태 속에 이미 들어 있는 공통된 무언가를 찾아내게 될 것이다.

은유란 논리나 지식의 영역이 아니라 그와는 완전히 다른 곳에서부터 비롯한다. 은유를 위해서는 사물을 바라보던 익숙한 시각에서 기꺼이 벗어나야 한다. 개미 한 마리와 코끼리 한 마리 안에서 공통된 무언가를 볼 수 있는 열린 시각을 가져야 하며, 그것을 거리낌 없이 표현할 수 있는 용기를 지녀야 한다.

하지만 당신이 은유를 몰라도 괜찮다. 그런 것은 생각하지 말라. '나는 문학성 높은 은유적 표현을 써야 해.'라는 생각은 떨쳐 버리라. 절대 의도적으로 문학적인 표현을 쓰려 하지 말라. 은유는 강제로 이루어지지 않는다. 당신이 글을 쓰고 있는 순간에 개미와 코끼리가 하나라고 믿지 못하면서 그런 글을 쓴다면 그것은 쓸데없는 헛소리에 불과하다. 사람들은 당신의 글을 신뢰하지 않을 것이며 감동하지도 않을 것이다.

그렇다면 어떻게 해야 당신 마음속에 은유의 세계가 자연스럽게 펼쳐질 수 있을까?

먼저, 은유를 위한 은유를 하지 말라. 무언가를 은유하기 위해 당신의 마음을 인위적으로 '만들어 내는' 일을 하지 말라는 것이다. 그저 평소의 사고방식에서 한발 물러서서 머릿속을 지나가는 생각들을 계속 기록해 보라. 이런 연습은 사고를 부드럽게 해줄 뿐 아니라 창조력을 키워 준다. 그런 식으로 자신의 생각이 이끄는 대로 따라가다 보면 어느 순간 엄청난 도약을 하게 된다. 마음이란 순식간에 위대한 도약을 할 수 있는 능력을 가지고 있다.

아주 오랫동안 한 가지 생각에 머물러 본 적이 있는가? 바로 그런 상태가 지속되다가 어느 한순간 생각이 비약적으로 튀어

오를 것이다. 이것이 바로 섬광 같은 영감이 떠오르는 순간이다. 영감의 근원은 만물의 근원과 맞닿아 있기에 자연히 그것들의 공통적인 법칙과 본질을 반영할 수밖에 없다.

우리 모두는 서로 연결되어 있다. 은유는 이러한 진실을 반영한 것이기에 종교적이다. 개미와 코끼리 사이에는 어떤 구별도, 분리도 없다. 은유의 세계에서는, 안개 낀 저녁에 가로등이 켜진 도시의 풍경을 바라보는 것처럼 모든 사물의 경계가 사라지게 된다.

글쓰기는 맥도널드 햄버거가 아니다.

여러 사람들을 가르치다 보면 가끔 작가가 될 만한 배경을 이미 갖추고 있는 사람도 만나게 되는데, 지금 떠오르는 남자가 특히 그렇다. 그 남자는 자기가 쓴 글을 읽을 때 늘 몸을 부들부들 떨었다. 그의 글은 주변의 공기를 숙연하게 만들 정도였다. 그가 세상과의 대면을 시작한 것도 바로 글쓰기 워크숍을 통해서였다.

어떤 사람인지 궁금하지 않은가? 그는 십사 년 동안 정신병원에 갇혀 지냈고, 마약에 취한 채 미네아폴리스 밤거리를 헤매고 다녔으며, 샌프란시스코에서는 사랑하는 형의 시체 옆에 앉아 있었던 그런 사람이었다. 그는 오래전부터 글을 써야겠다는 마음을 품고 있었다고 고백했다. 사람들은 그에게 반드시 작가가 되어야 한다는 격려를 아끼지 않았다. 하지만 그는 정작 글을 쓰려고 자리에 앉으면 파란만장한 인생 역정과 자신의 감정들에 대해 단 한 자도 종이 위에 써 내려갈 수 없었다.

그 까닭은 종이 위에 자신의 감정을 풀어내기도 전에 세상을 향해 어떤 말을 해야겠다는 생각이 먼저 앞질러 나가기 때문이었다. 그러한 생각들은 글 쓰는 이를 경직시켜 자유로운 창작을 방해한다. 아직 해결되지 않은 당신의 감정들은 밖으로 표출되고 싶어 한다. 그것이 당신 생각에 방해받기 전에, 솟아나는 감정들을 일단 종이 위에 표현해야 한다. 자신의 생각대로 글을 조절하겠다는 마음을 버리고 그때그때 솟아 나오는 감정들을 글로 써 내려가라.

바로 이것이다. 누구나 저마다의 경험과 추억, 감정들을 가지고 있지만 그것들을 오븐에서 막 꺼낸 피자처럼 종이 위에 옮겨 놓을 수 있는 사람은 아주 드물다. 그러므로 글을 쓸 때는 모든 것을 풀어 주라. 아주 쉬운 말로 단순하게 시작하고, 당신 속에 깃들어 있는 것을 그대로 표현하도록 애써라. 처음에는 결코 쉽지 않을 것이다. 그래도 서투르고 꼴사나운 자신을 그대로 인정하고 받아들여라. 당신은 지금 스스로 자신을 발가벗기고 있는 것이다.

글쓰기를 통해 자신의 인생을 노출시킨다는 것은 절대 자신의 에고를 남들에게 보여 주고 싶은 대로 연출한다는 뜻이 아니다. 자신이 그저 하나의 인간 존재임을 드러내 보인다는 뜻이

뼛속까지 내려가서 써라

다. 바로 이러한 이유로 나는 글쓰기가 종교와 다를 바 없다고 생각한다. 글쓰기는 당신이 쓰고 있는 딱딱한 껍데기를 벗기고 열린 마음으로 세상을 향해 다가가도록 한다.

그런데도 어느 순간, 비참하고 불만투성이이고 회의적이고 부정적인, 전반적으로 침체된 기분이 들 때, 나는 이런 것을 그저 하나의 감정으로 인식한다. 나는 이런 감정도 결국 변하리라는 사실을 알고 있다. 이 감정이 내가 세상 속에서 어떤 장소를 찾아가게 하고 친구를 원하게 만드는 에너지라는 사실도 물론 알고 있다.

글을 쓰는 데에는 당신의 온몸, 즉 심장과 내장과 두 팔 모두가 동원되어야 한다. 바보가 되어 시작하라. 고통에 울부짖는 짐승처럼 볼썽사나운 모습으로 시작하라.

앞에서 소개한 남자는 글을 쓰겠다는 열망이 너무 강해서 당장 책을 쓰려고 들었다. 나는 그에게 "천천히 하세요. 그냥 잠시 글 쓰는 일에서 해방되세요. 먼저 글쓰기에 대해 배운 다음 써도 늦지 않을 겁니다."라고 말해 주었다.

글쓰기는 평생에 걸쳐 이루어야 하며 또 많은 훈련이 필요한 작업이다. 물론 그가 얼마나 다급한지 충분히 이해는 한다. 우리는 자기 내면의 세계를 표출하고자 하는 강한 열망을 지니고 있고, 어딘가로 떠나고 싶고, "나는 책을 쓰고 있는 중이야."라는 말을 하며 살기를 원하는 사람들이니까.

그러나 엄청난 분량의 글을 쓰겠다는 결심을 하기 전에 먼저 자신에게 여유를 주자. 자신의 목소리가 지닌 힘을 믿는 법을 배우자. 자연히 이런 과정에서 우리는 방향 설정을 하고 목적지가 어딘지 알게 될 것이다. 하지만 어쩌면 그 목적지가 전혀 생각하지 못했던 다른 장소에서 나타날지도 모른다.

글쓰기는 맥도널드 햄버거가 아니다. 패스트푸드가 아니라 슬로푸드다. 요리는 천천히 익어 가고 있으며, 시작 단계에 있는 당신은 그 음식이 구이가 될지, 바비큐가 될지, 국이 될지 아직 모르는 것이다.

강박관념을 탐구하라.

나는 시간이 날 때마다 나를 괴롭히는 강박관념들을 목록으로 정리해 본다. 목록 내용은 자꾸 변하는데 숫자는 언제나 불어난다. 어떤 것은 고맙게도 아예 잊혀지기도 하지만.

작가란 결국 자신의 강박관념에 대해 쓰게 되어 있다. 자주 출몰해서 괴롭히는 것, 절대 잊을 수 없는 것, 자신의 육체가 풀려나기를 기다리고 있는 것을 이야기로 엮는다.

나는 학생들에게 자신을 괴롭히는 요소들을 적게 한다. 깨어 있는 동안 각자의 강박적 요소에 대해서 무의식적으로(그리고 의식적으로) 얼마나 생각하는지 확인시키기 위해서이다. 아무튼 이렇게 글로 정리한 목록들은 이제 좋은 방법으로 활용할 수 있다. 이 목록은 그대로 우리가 쓸 이야기 목록으로 변하기 때문이다.

당신을 가장 괴롭히는 강박증에는 힘이 있다. 당신이 글을 쓸 때마다 언제나 같은 곳으로 돌아가게 되는 이유가 바로 이 때문이다. 바로 이 강박증의 변두리에서 우리는 완전히 새로운 이야기들을 창조해 낼 수도 있다는 점을 기억하라. 그리고 이번에는 당신을 괴롭히던 강박증에 일부러 에너지를 쏟아부어 보라. 이제 우리는 강박증이 자신을 위해 봉사하도록 만들어야 한다.

내가 가진 강박증 가운데 하나는 내가 유대인이라는 사실이다. 어쩌나 강박증이 심한지, 유대인에 대한 글은 이 정도 썼으면 됐다고 스스로를 달래야 할 때가 있다. 세상에는 다른 쓸거리들도 얼마든지 많지 않은가. 하지만 가족에 대해서 쓰지 않겠다고 결심할 때마다 나는 또 다른 억압감에 시달린다. 내가 가진 에너지의 상당 부분을 무언가를 회피하려는 데에 소모하기 때문이다. 가족에 대한 글을 쓰지 않겠다고 억누를수록 그와 관계없는 일상생활의 다른 부분까지 억압받는 느낌에 빠지곤 한다.

다이어트를 결심했을 때도 비슷한 증상이 일어났다. 다이어트를 결심하자마자 세상에서 음식만이 유일한 진실처럼 보이기 시작했다. 그래서 자동차를 운전할 때, 거리에서 걷고 있을 때, 약속한 원고를 쓰고 있을 때……내가 하는 모든 행위가 모조리 내가 진정으로 원하는 먹는 일을 가로막는 방법으로만 보였다.

알코올중독자들은 파티장에서 한눈에 어디에 술이 있는지,

그 술 도수가 얼마나 되는지, 사람들이 얼마나 술을 마셨고 다음에는 어떤 술을 마실 것인지를 알아챈다. 나는 술에 대한 강박증은 없지만 초콜릿을 무척 좋아한다는 사실은 인정한다.

언젠가 친구 집을 방문한 적이 있다. 그의 룸메이트가 색다른 초코칩 케이크를 만드는 중이라고 해서 우리는 오븐에서 빵이 구워지는 동안 영화 한 편을 보기로 했다. 극장에서 영화가 상영되는 내내 나는 초코칩 케이크만 생각하고 있는 자신을 발견했다. 얼른 돌아가 그것을 먹어야겠다는 생각뿐이었다. 드디어 영화가 끝나긴 했는데 우연히 다른 친구들과 만나게 되었다. 그 친구들은 장소를 옮겨 이야기를 나누자고 제안했다. 나는 그때 공포에 질린 내 모습을 보았다. 나는 오븐 속에서 익어 가는 초코칩 케이크를 더 원하고 있었던 것이다. 나는 재빨리 '반드시 친구 집으로 돌아가야만 한다'는 변명을 만들어 내고 말았다.

우리는 알게 모르게 강박 충동의 조정을 받는다. 강박증은 엄청난 힘을 가진 것처럼 보인다. 그 힘을 거부하지 말고 이용하라. 글쟁이 친구들 대부분이 글 쓰는 일에 대해 강박증을 느낀다고 고백한다. 글에 대한 강박증도 초콜릿에 대한 내 강박증과 똑같이 작용한다. 우리는 무엇을 하고 있든지 간에 글을 써야 한다는 생각을 떠나보낼 수 없는 사람들이다.

카타기리 선사는 말했다.

"가련한 예술가들이여! 그들은 너무나 큰 고통을 가지고 있습니다. 그들은 걸작을 만들어도 결코 만족하지 않죠. 계속 길을 떠나 좀더 다른 것을 만들고 싶어 하는 사람들이니까요."

예술가로 살기란 절대 쉽지 않다. 예술가는 일을 하고 있지 않을 때조차도 절대 그 일에서 자유로워질 수 없는 존재들이다. 하지만 나는 그래도 예술 작업에 얽매이고 창작에 대한 강박증에 빠지는 것이 술을 마시거나 초콜릿으로 배를 채우는 일보다 훨씬 가치 있는 일이라고 생각한다. 창작에 대한 강박증은 무언가 가치 있는 길을 찾아 우리를 앞으로 나아가게 하는 에너지가 있다.

그러므로 강박증이라고 해서 모두 몹쓸 것은 아니다. 평화에 대한 강박증은 좋지 않은가. 하지만 평화를 생각하는 것에 머물러서는 안 된다. 평화롭게 만들어야 한다. 초콜릿에 대한 강박증은? 별로이다. 나도 알고 있다. 초콜릿 강박증은 건강에도 이롭지 않고 세계 평화 구현이나 글쓰기에도 특별히 이바지하지 못한다.

가끔 작가들 중에서 술에 의지해 생활하는 사람들을 보게 된다. 나는 과연 그들이 작가이기 때문에 술을 마시는 것인지 의심스럽다. 마땅히 글을 써야 하는 순간에 글을 쓰지 않았기 때문에, 또는 글 쓰는 데에 문제가 생길 때 더 많은 술을 마셨기 때문에 알코올중독자가 된 것이 아닐까? 결국 그것도 문제와 정면으로 맞서지 않으려는 일종의 회피이고 게으름인 것이다.

글쓰기에 대한 강박증은 직접 글을 써서 풀어내야 한다. 쓸데없이 술에 취하는 엉뚱한 방식으로 풀려고 하지 말라.

세부 묘사는 글쓰기에 생명력을 불어넣는다.

이 글은 짧지만 매우 중요하다. 세부 묘사를 글쓰기에 활용해야 한다는 것이다.

인생이란 너무도 다양해서 만약 당신이 사물의 과거와 현재의 진정한 모습을 세세하게 써 내려갈 수만 있다면 당신에게 더 이상 필요한 것은 없다. 당신이 설령 전혀 다른 시간대와 공간에 살고 있어도, 십 년 전 혹은 이십 년 전 뉴욕의 한 선술집에서 술을 마시고 있는 모습을 얼마든지 묘사할 수 있다. 뒤틀려 있는 창문, 천천히 돌아가고 있는 회전 입간판, 탁자 위에는 포테이토칩 부스러기가 흩어져 있고 등받이 없는 높고 붉은 의자……. 이런 묘사는 당신이 쓰는 이야기에 개연성과 사실성을 부여한다. "오, 아냐, 그 술집은 롱아일랜드에 있었지. 그러니까

뉴저지에 있는 술집으로 바꿔서는 안 돼!" 이런 식으로 말할 필요는 없다.

당신은 상상력의 힘을 빌려 이것을 얼마든지 바꿀 수 있다. 변경된 상황에다 당신이 실제로 알고 있거나 보았던 것을 세밀하게 묘사해서 이식한다면, 그 글에 뛰어난 생동감이 생기며 개연성과 진실성이 배어나게 된다.

자신을 둘러싼 주변을 항상 깨어 있는 눈으로 관찰하는 것은 바람직하지만 너무 인위적으로 되어서는 곤란하다. "그래, 나는 결혼식 피로연에 와 있어. 신부는 푸른색 드레스를 입고 있고 신랑은 빨간 카네이션을 가슴에 꽂고 있군. 그들은 다진 간 요리를 손님들에게 나눠 주고 있어."

그것보다는 우선 마음을 편안하게 열어 놓고 결혼식을 즐겨라. 당신이 주변 상황에 자연스럽게 몰입하는 것이 우선이다. 그렇게 되면 나중에 당신이 글을 쓸 때 정말 살아 숨 쉬는 듯한 생생한 기억들을 불러낼 수 있다. 웃을 때마다 빨간 립스틱이 묻은 앞니가 보이던 신부 어머니의 모습과 신부의 드레스 자락에서 폴폴 풍기던 향수 냄새까지 전부 당신의 글 속으로 불러낼 수 있다.

글쓰기에서 우리가 살았던 장소와 그 공간을 채우던 사물들의 이름을 불러 주고, 그것을 우리 삶의 세부사항으로 써 내려가는 것은 아주 중요한 일이다.

'나는 알부퀘르크 콜 가에 위치한 어떤 차고 옆에서 살았고, 시장을 볼 때는 리드 가로 갔다. 그해 이른 봄, 이웃에 일찌감치 사탕무를 심은 사람이 있었는데, 나는 그 사탕무가 빨갛고 푸른 잎사귀를 피우는 것을 지켜보았다.'

우리의 삶은 모든 순간순간이 귀하다. 이것을 알리는 것이 바로 작가가 해야 할 일이다. 작가는 의미 없어 보이는 삶의 작은 부분들마저도 역사적인 것으로 옮겨 놓을 수 있는 능력이 있다. 그러므로 작가는 인생의 모든 면들에 대해, 한 모금의 물이나 식탁에 묻어 있는 커피 얼룩에 대해서까지 "그래!" 하고 긍정할 수 있어야 한다.

작가가 쓰는 글은 이 세상 모든 것을 재료로 해서 이루어진다. 우리는 소중한 존재들이며, 우리의 삶 또한 그러하다는 것을 작가가 되려는 당신은 알고 있는가? 덧없이 지나가 버리는 세상의 모든 순간과 사물들을 사람들에게 각인시켜 주는 것, 그것이 작가의 임무이다. 만약 우리 인생의 작고 평범한 부분들이 중요하지 않다면, 우리는 당장 원자폭탄에 의해 전멸당해도 아무 할 말이 없는 것이다.

그렇기 때문에 우리 인생의 세부 그림은 기록으로 남아야 할 가치가 있다. 이것이 바로 작가들이 알고 있어야 할 진실이며 우리가 펜을 쥐고 자리에 앉는 이유이다. 우리가 삶의 세부 사항을 묘사하는 일을 중요하게 여기는 까닭은 지나치게 빠른 속도와 효율성만을 주장하는 문명의 이기, 우리를 대량 학살하려는 원자폭탄 같은 무자비한 폭력에 항거하기 위함이다.

예루살렘에는 홀로코스트를 기념하는 야드 바셈Yod Vashem이 있다. 그 옆에는 육백만 명에 이르는 희생자의 이름을 정리한 도서관도 딸려 있다. 도서관에는 희생자의 이름뿐 아니라, 그들이 어디에서 살았으며, 어디에서 태어났는지를 비롯해 그들에 대해서 알아낼 수 있는 모든 기록이 보관되어 있다. 실제로 야드 바셈은 '이름을 기억하게 한다.'라는 뜻이다. 죽은 이들은 짐승처럼 도살되어도 상관없는, 이름 없는 무리가 아니었다. 그들은 인간이었고 이 세상 속에서 각자의 역할을 해내며 숭고한 삶을 살아가던 이들이었다. 그들은 아침이면 일어나 노란 치즈를 사러 가게로 향했고, 크고 작은 삶의 소망을 품고 있었으며, 동시에 이 지상의 모든 슬픔과 겨울을 겪었고, 한때 쿵쿵거리는 장엄한 심장을 가지고 있던 이들이었다.

워싱턴 D.C. 베트남전 기념관에는 베트남에서 죽은 미국 병사들의 이름이 적혀 있다. 거기에는 수학 답안지 여백에 탱크와 병사들과 군함 그림을 그리던 내 어릴 적 친구 도널드 밀러의 이름도 있다. 그 이름을 보기만 해도 나는 그를 떠올린다. 세부 묘사는 우리가 만나는 세상의 모든 것들과 모든 순간들에 이름을 붙여 주고, 그 이름을 불러 주고, 기억하는 일이다.

우리가 누구인가? 우리가 부둥켜안아야 할 현실은 무엇인가? 우리의 삶은 지극히 평범한 동시에 신화적이다.

바깥에는 회색빛 찬바람이 불고 있고, 쇼윈도 안에는 크리스마스 선물들이 번쩍거리며 유혹하고 있다. 그리고 카페의 오렌지색 탁자에는 흑인의 아기를 낳아 키우는 금발의 친구와 마주 앉아 있는 나, 표준보다 과체중인 유대인 작가가 있다. 작가의 임무는 바로 지금, 이 자리에서 우리의 삶을 이루는 실체들에 대해 경건하게 "네!"라고 긍정하는 것이다.

케
이
크
를
구
우
려
면
。

케이크를 구우려면 설탕, 밀가루, 버터, 베이킹소다, 계란, 우유
가 필요하다. 하지만 이 재료들을 그릇에 넣어 고르게 섞는다고
해서 케이크가 만들어지지는 않는다. 이것은 어디까지나 반죽
일 뿐이다.

하나의 케이크를 탄생시키려면 반죽을 오븐 속에 집어넣고
열을 주어야 한다. 이때 만들어진 케이크는 원래의 재료 성분과
는 전혀 다른 것으로 변해 있다. 우유와 계란이 케이크에게 "넌
우리 부류가 아니야."라고 말한다. 육십 대 부모가 자신들의 히
피 자식에게 "너는 우리가 낳은 자식이 아니다."라고 주장하는
것과 똑같다. 그렇다. 케이크는 계란도 아니고 우유도 아니다.
이것이 케이크의 연금술이다.

어떤 의미에서 글쓰기도 이것과 똑같다. 당신이 소설 한 권을 채울 만한 파란만장한 경험을 했다 하더라도 그 사실을 나열하는 것만으로는 충분하지 않다. "나는 브룩클린에서 태어났다. 어머니와 아버지는 생존해 있고 나는 여자이다." 여기에 당신 마음에서 나오는 열과 에너지를 첨가해야 한다.

아버지는 그냥 단순한 아버지가 아니다. 바로 당신만의 아버지여야 한다. 줄담배를 피우고 스테이크를 먹을 때 지나치게 케첩을 많이 치는 아버지, 당신이 사랑하고 또 증오하는 아버지이다. 단지 재료를 섞기만 한 반죽에는 아무런 생명이 없다. 사랑과 증오라는 감정의 에너지를 가해 세부를 채워 나가야 한다. 하나의 숨 쉬는 생명체로 창조해야 한다.

삶의 모든 세부 사항들을 조심스럽게 다루고 다정하게 접촉하라. 당신을 둘러싼 것에 진정한 관심을 기울이라. 강에 대해 쓰고 있다면 그 강에 온몸을 적시라. 그 강이 탁한 황토 빛으로 둔하게 흐른다고 적는다면 당신의 몸이 그 탁한 느낌을 그대로 느껴야 한다. 글쓰기에 깊이 빠져들면 쓰는 사람과 글은 분리되지 않는다.

카타기리 선사는 말했다.

"좌선을 할 때 당신은 사라져야만 한다. 좌선이 좌선을 하도록 만들어라."

이것은 글쓰기에도 그대로 적용된다. 글이 글을 쓰도록 하라. 당신은 사라진다. 당신은 그저 당신 속에서 흐르고 있는 생각들을 글로 적어 내고 있을 뿐이다.

케이크가 구워지고 있을 때 오븐 안의 열기는 그 케이크를 만들기 위해 열심이다. 하지만 이 열은 "아, 난 이것이 파운드케이크가 아니라 초콜릿 케이크가 되면 좋겠어."라는 생각을 하지는 않는다. 글을 쓸 때 당신의 임무도 똑같다. '난 정말 내 인생이 싫어. 뉴욕이 아니라 일리노이 주에서 태어났으면 얼마나 좋았을까!' 이런 식의 생각으로 에너지를 분산시키지 말라. 그저 당신의 상황과 진실을 적어 내려가라.

또, 당신이 만약 글을 쓰는 틈틈이 자주 시계를 보는 사람이라면, "나는 노트 다섯 장이 다 채워질 때까지 즉, 케이크가 완전히 구워질 때까지 계속 글을 쓰겠다."라고 스스로에게 말하라. 열을 가하다 중단한다면 그것은 죽도 밥도 되지 않는다.

가끔 이런 이들도 있다. 아무런 재료도 준비하지 않은 채 열만 믿고 케이크를 구우려는 이들이다. 심혈을 기울여 만들었지만 아무도 그 결과물을 먹으려 하지 않을 것이다. 세부 묘사가 빠진 추상적인 글쓰기에서 대개 이런 허점이 발견된다. 분명히 아주 웅장한 생각과 열정적인 마음을 가지고 쓴 글이지만 누구도 읽어 주지 않는다.

그러나 세부 묘사를 사용하면 당신이 느끼는 환희나 슬픔을 아주 효과적으로 전달할 수 있다. 전달하려는 감정이 어떤 맛인지 정확하게 표현해 준다면, 그것을 맛보고 싶어 하는 미식가가 반드시 나타날 것이다. 독자들이 '아, 이거 파운드케이크잖아.' 또는 '가벼운 레몬 푸딩이잖아.' 하고 느낄 수 있게 해 주어야 한다.

"아주 맛있어요. 일품이야!"라는 말에는 에너지가 없다. 어떻게 대단한 것인가? 독자가 그 대단함의 냄새를 맡게 하라. 바꿔 말해서 세부 묘사를 이용하라. 세부 묘사야말로 글쓰기의 기본 요소이자 단위이다.

작가는 인생을 두 배로 살아가는 사람이다. 먼저 첫 번째 인생
이 있다. 길에서 만나는 여느 사람들처럼, 건널목을 건너고 아침
에 출근하기 위해 넥타이를 매는 그런 일상생활이다. 하지만 이
들에게는 생활의 또 다른 부분이 있다. 모든 것을 다시 곱씹는
두 번째 인생이다. 이들은 글을 쓰기 위해 자리에 앉을 때마다
자신의 인생을 다시 들여다보고 그 모습을 면밀하게 음미한다.
삶을 이루고 있는 재질과 세부 사항을 들여다본다.

　폭우가 쏟아지기 시작한다. 사람들은 우산을 펴 들거나 비옷
을 꺼내 입고 또는 신문으로 머리를 가린 채 걸음을 서두른다.
하지만 작가는 노트와 펜을 들고 빗속으로 걸어 들어간다. 그리
고 웅덩이를 바라본다. 웅덩이를 채우는 빗물과 가장자리에서

팅기는 물방울을 하나하나 관찰한다.

작가가 되려면 엉뚱하고 미련해지는 연습을 해야 되는 것일까? 바보만이 비를 맞으며 웅덩이를 지켜볼 테니까. 똑똑한 사람이라면 감기에 걸리지 않으려 비를 피할 것이다. 하지만 바보는 자신의 안전을 생각하거나 시간에 맞추어 직장에 도착하는 것보다 빗물이 고이는 웅덩이에 훨씬 흥미를 느낀다.

결국 당신은 돈을 버는 일보다 글을 쓰기 위해 바보가 되는 것도 무릅쓰는 글쟁이의 인생에 더 많이 끌리고 있는 것이다. 그러나 작가들은 결코 가난한 사람들이 아니다. 글을 쓸 시간이 많을 때 나는 아주 부자가 된 기분이 든다. 반대로 시간에 쫓겨 정작 자신이 원하는 일도 못 하고 있는데 세금 고지서가 날아오면 그야말로 거지가 된 기분이다.

월급쟁이들은 시간과 돈을 맞바꿔, 일한 시간에 대한 보수를 받는다. 그러나 작가들은 자신만의 시간을 지키고 있으며, 그 시간의 중요성과 가치를 느끼는 사람들이다. 시간을 소중히 여기기 때문에 그들은 시간을 팔아 돈을 벌지 않는다. 이들에게 시간은 조상으로부터 물려받은 땅과 같은 것이다. 누군가 찾아와 그 땅을 팔라고 하면, 제정신이 있는 작가라면 결코 그 땅을 팔지 않을 것이다. 그들은 땅을 팔면 자동차를 살 수 있다는 사실을 알지만, 그렇게 되면 조용히 안식을 취하고 꿈을 꾸는 데에 필요한 장소는 사라진다는 것도 알고 있다.

그러므로 글을 쓰고 싶은 사람은 조금 어수룩한 바보가 되어도 괜찮다. 당신 속에는 시간이 필요한 느림보가 들어 있다. 그 느림보가 당신이 모든 것을 팔아버리지 못하도록 만든다. 그리고 당신에게 어딘가로 가고 싶은 마음이 들게 하고, 비가 내리는 거리에서 모자도 쓰지 않은 채 이마에 주룩주룩 떨어지는 빗방울을 느끼며 빗물이 고인 웅덩이를 응시하게 만든다.

글쓰기는 육체적인 노동이다.

사람들은 글쓰기가 육체적인 노동이라는 사실을 잘 이해하지 못한다. 하지만 글쓰기는 생각하는 행위만으로 이루어지는 일이 아니다. 그것은 시각, 촉각, 후각, 청각 등 모든 지각 능력과 관계하고 있다. 또 반드시 '손을 계속 움직여 써 내려가는' 과정이 있어야 하나의 작품이 탄생한다. 머릿 속에서 떠오르는 생각만으로는 아무런 결과물도 생산할 수 없는 것이다.

그러므로 글쓰기 훈련은 하나의 글을 완성하기까지 중간에 포기하거나 멈추지 않고 지속적으로 써 내려가는 것, 끊임없이 글쓰기를 방해하는 생각들을 육체적으로 물리쳐야 한다는 원칙을 가지고 있다. 그리고 여기에는 글쓰기가 단지 사고 능력과 아이디어만으로 이루어지리라는 고정관념을 잘라 내는 과정이

뼛속까지 내려가서 써라

포함된다.

당신의 감정과 느낌을 기록하기 위해서는 연필을 잡고 있는 손, 그 손과 연결된 팔, 이렇게 육체적으로 긴밀한 협조가 필요하다. 마음과 육체는 따로 떨어져 있지 않다. 그러므로 당신은 글을 쓰고 있는 육체적 행위를 통해 마음의 장벽을 능히 부술 수도 있다.

글을 쓰고 있는 사람들의 몸만 보고서도 나는 그들이 얼마나 글쓰기 작업에 몰입해 있는지 단번에 알아차릴 수 있다. 진짜 글쓰기에 깊이 빠져 있는 사람은 더 이상 껌을 씹지 않는다. 대신에 무언가를 계속 중얼거린다. 그리고 호흡이 아주 깊어진다. 글을 쓰는 손은 느슨해지고, 그들의 몸은 몇 킬로미터를 내처 달려도 좋을 만큼 잘 이완되어 있다.

바로 이런 모습 때문에 작가는, 뚱뚱한 사람이든 마른 사람이든 상관 없이 좋은 인상을 지니게 된다고 나는 생각한다. 그들은 언제나 일에 몰두하고 있기 때문이다. 이 점을 기억하라. 작가는 앞에 가파른 언덕이 있든 시원스레 뚫린 고속도로가 있든 언제나 스스로를 조율하며 몇 킬로미터의 원고라도 써 낼 수 있어야 한다.

위대한 작가들의 작품을 읽어 보라. 작가가 영감을 받고 글을 써 내려가던 순간의 호흡이 생생히 느껴질 것이다. 예를 들어 아주 기가 막히도록 좋은 시, 셸리^{shelley}의 '종다리에게^{To a Skylark}'를 큰 소리로 읽어 보자. 만약 시인이 배열한 운율 그대로 시를 낭송한다면, 당신은 셸리가 그 시를 썼던 바로 그 순간, 영감을 받았을 당시의 숨결을 그대로 호흡할 수 있게 된다. 그의 호흡은 너무도 강력해서 백오십 년이 지난 오늘날 그 시를 읽는 우리에게도 영감의 전율을 안겨 준다. 그의 호흡을 따라가 보면 어느새 새로운 기운이 넘쳐난다.

만약 당신이 진정으로 불후의 명작을 완성하고 싶다면 위스키를 마시면 안 된다. 대신에 셰익스피어와 테니슨, 키이츠, 네루다, 홉킨스, 밀레이, 휘트먼……이들의 글을 소리내어 읽고 또 읽어 당신의 몸을 그들의 운율에 맞춰 춤추게 만들어야 한다.

잘
쓰
고
싶
다
면
잘
들
어
라
。

내가 여섯 살이었을 때 브룩클린에 있는 사촌 언니네 집에서 피아노 연주를 하며 노래를 했던 적이 있다.

"바깥은 어둠 속인데 오, 내 사랑……."

하지만 노래의 첫 소절을 끝내기도 전에, 내 옆에 나란히 앉아 있던 아홉 살 난 사촌 언니는 내 어머니를 향해 고함을 질렀다.

"실비아 이모, 나탈리는 음치야! 제대로 맞는 음정이 하나도 없잖아!"

그 후 나는 다시는 노래를 부르지 않았을 뿐 아니라 음악 감상까지 멀리하게 되었다. 라디오에서 멋진 브로드웨이 뮤지컬의 합창곡이 흘러 나와도 나는 그저 노랫말을 들을 뿐 멜로디를 따라 부르지 않았다.

세월이 흘렀고, 친구들 사이에 곡조를 듣고 제목을 알아맞히는 게임이 유행하던 시절이 있었다. 내가 영화 '남태평양'의 삽입곡인 '봄보다 더 젊었던 그때'를 허밍으로 부르자, 친구들은 그게 어떻게 그 노래냐면서 배꼽을 잡고 숨이 넘어갈 듯 웃음을 터뜨렸다. 음악은 근본적으로 내가 다가갈 수 없는 세계였다. 나는 음치였던 것이다. 그것은 마치 발이 없거나 손가락 하나가 잘린 것처럼 음악 세계와 친해지기에는 치명적인 장애였다.

하지만 몇 년 전 나는 드디어 노래 수업을 받게 되었다. 나의 음악 선생은 세상에는 음치가 없다고 말했다.

"노래를 잘 부르는 비결의 구십 퍼센트는 청음聽音입니다. 당신은 먼저 제대로 듣는 법부터 배워야겠어요."

만약 음악을 온전하게 듣는다면 그것이 온몸을 채우게 되고, 자연히 입을 열어 노래를 할 때 음악이 자동적으로 몸 밖으로 나오게 된다는 말이었다. 몇 주일 후 나는 일부러 친구와 같이 노래 부를 기회를 만들었는데, 평생 처음으로 음을 틀리지 않고 노래를 부를 수 있었다. 나는 내가 계속해서 발전하고 변화되어 가는 존재임을 확신하게 되었다.

글쓰기 역시 구십 퍼센트는 듣기에 달려 있다. 열심히 들으면 당신을 채우고 있는 내면의 소리까지 들을 수 있다. 자연히 나중에 글을 쓸 때, 당신은 그 내면의 소리를 저절로 분출시킬 수 있게 된다. 내면의 진실한 소리를 듣게 된다면, 글쓰기에는 더 이상 다른 것이 필요 없다. 당신은 그저 식탁 건너편에서 당신에게 말을 하고 있는 사람의 말을 듣는 것이 아니라, 동시에 그곳의 분위기가 내는 소리와 의자와 문이 말하는 소리까지 들을 수 있게 된다. 그리고 그 문 너머 바깥에서 들려오는 소리까지도.

계절이 만들어 내는 음향과 바람에 실려오고 있는 온갖 색상의 음향을 받아들여라. 과거와 미래와 현재 당신이 있는 곳에 귀를 열어 두라. 귀로만 듣지 말고 온몸으로, 당신의 위장과 심장과 피부와 머리카락으로 들어라.

듣는 것은 곧 받아들이는 것이다. 당신이 더 깊이 들으려 하면 할수록 더 좋은 글을 쓰게 될 것이다. 아무런 편견 없이 사물이 가는 길을 받아들일 때 그 사물에 대한 진실한 글이 태어난다. 만약 당신이 사물의 이치를 잡아낼 수만 있다면, 그것으로 글을 쓰는 데에 필요한 모든 것을 얻은 셈이다.

랍비인 잘만 샬처Zalman Schachter는 라마 재단의 한 강연회에서 자신이 랍비 학교를 다닐 때는 학생들이 노트를 가지고 다닐 수 없었다고 말했다. 랍비가 되려는 학생들은 필기 없이 단지 강의를 듣기만 하고 수업 내용을 이해해야 한다는 것이다. 이것은 우리처럼 글쓰기를 배우는 사람들에게도 유용한 방법이다. 왜냐하면 작가는 사물의 진실을 읽는 이의 마음에 각인시키는 임무를 띠고 있고, 따라서 마음에다 사물에 대한 기록을 해나가는 훈련이 되어 있어야 하기 때문이다.

수업 시간에 한 작품에 대한 발표가 끝난 후, 나는 가끔 학생들에게 '기억해 내라'고 주문하곤 한다.

"방금 읽거나 쓴 글을 기억해 내서 가능한 한 가장 근접하게 표현해 보세요. 어떤 것이든간에 여러분에게 강하게 다가오는 것을 기억해 내세요. 제발 '그녀가 농장에 대해서 말한 부분이 마음에 들었어요.'라는 식으로는 말하지 말아요. 그보다 훨씬 상세하게 어떤 것인지 알려 주세요. 예를 들면 '들판에 서 있으면 나는 소보다 더 외롭다.'라는 식으로요."

열심히 들어 주되 어떠한 비평도 가하지 않는 이런 듣기 훈련은 당신의 내면에서부터 그 이야기가 말하려는 진정한 의미와 영상을 일깨워 준다. 이런 식의 청취 훈련은 당신의 현실과 당신 주변의 현실을 반영하는 아주 선명한 거울이 되어 준다.

좋은 작가가 되려면 기본적으로 다음 세 가지가 필요하다. 많이 읽고, 열심히 들어 주고, 많이 써 보는 것이다. 그리고 너무 많이 생각하지는 말아야 한다. 그냥 단어와 음향과 색깔을 통해 감각의 열기 속으로 뛰어 들어가라. 그리고 그 살아 있는 느낌이 종이 위에 생생히 옮겨지도록 계속 손을 움직이라.

작품 진행을 하고 있을 때 좋은 작품을 읽는 것은 글에 좋은 영향을 준다. 물론 말처럼 쉬운 일은 아닐 것이다. 하지만 무언가 제대로 배우고 싶다면 근원을 찾아가야 한다. 17세기 일본의 유명한 하이쿠 시인인 바쇼^{芭蕉}는 "나무를 알고 싶으면, 나무한테 가라."고 말했다.

시가 무엇인지 알고 싶은 사람은 시를 읽고, 시를 들어야 한다. 논리적으로 시를 분석함으로써 시로부터 멀어지는 어리석음을 범하지 말라. 그저 시가 당신의 몸속으로 스며들게 하라.

위대한 선승인 도겐遺元은 "안개 속을 걷는 사람은 안개에 젖는다."라고 했다. 그러니 그저 듣고, 읽고, 쓰라. 당신은 표현하고 싶었던 것이 조금씩 당신만의 목소리를 통해 흘러나오는 것을 느낄 수 있게 된다. 너무 조바심을 내지 말고 그 자연스러운 목소리가 흘러나올 때까지 인내심을 가지고 기다리라. 그냥 흐르는 대로 운율에 맞춰 노래하고 쓰라.

파
리
와

결
혼
하
지

말
라
。

당신이 누군가의 글을 읽을 때, 글 속으로 몰입이 안 되고 마음
이 자꾸 다른 곳으로 향하게 되는 경험을 한 적이 있는가? 혹은
자신이 쓴 글을 읽고 누군가가 "모르겠어요. 너무 어려워요."라
든가 "너무 서술이 많아서, 내 머리로는 따라가기가 벅차요."라
는 말을 들은 적은 없는가?

이런 경우에는 문제가 글을 읽는 독자에게 있다기보다는
글쓰기 방법 자체에 있는 경우가 많다. 이런 일은 작가가 자신
의 감정에 지나치게 빠져 버린 나머지 원래 하고자 하던 이야
기의 방향을 망각하고 본래의 줄거리에서 멀어져 버렸을 때
일어난다.

이를테면 레스토랑 풍경을 묘사하려고 하는데 냅킨에 붙은

파리가 자꾸 신경을 건드린다. 그래서 글은 파리에 대한 자세한 묘사로 바뀐다. 파리의 등, 파리의 생각, 파리의 어릴 적 모습, 쇠 그물창 사이로 날아가는 데에 필요한 비행법……. 그러면 작품을 읽던 독자들은 방향을 잃게 된다. 졸음이 오거나 다른 생각이 들기 시작한다.

또한, 작가 스스로 글의 방향을 명확하게 정리하지 않은 채 글을 써 내려가거나, 다루고 있는 글의 소재에 밀착되어 있지 못한 경우에도 이런 일이 벌어진다. 이런 부분이 생기면 글의 초점이 흐려지고 결국에는 독자들의 흥미를 떨어뜨리게 만든다. 아무리 작은 부분이라도 윤곽이 흐릿해지면, 그 틈새로 독자들의 정신은 그 작품이 아닌 다른 곳으로 새어나가고 마는 것이다.

문학의 책임은 사람들을 깨어 있게 하고, 현재에 충실하게 하고, 살아 숨 쉬도록 만드는 것이다. 그렇기 때문에 작가가 방황한다면, 독자 역시 방황하게 된다. 식탁 위의 파리는 레스토랑 전체를 묘사하는 일부분은 될 수 있다. 또 방금 주문해서 나온 샌드위치를 자세하게 묘사하는 데에도 도움을 줄 수 있다. 하지만 자세한 묘사와 제멋대로인 방종 사이에는 분명한 경계선이 있다.

자신의 목표가 무엇인지 알고 그 목표에 집중해 매달려야 한다. 만약 당신의 마음과 글이 목표에서 멀어져 방황하고 있다면, 원래 돌아가야 할 자리로 부드럽게 잡아당겨야 한다.

글을 쓸 때는 마음속에 무수한 길들이 한꺼번에 펼쳐지는 법이다. 하지만 너무 멀리 떨어져 있는 들판으로 달려가서는 안 된다. 묘사도 자신이 정한 방향 안에서 이루어져야 한다. 자신의 감정에 푹 빠져서 글의 방향과 한없이 멀어져 나가서는 안 된다. 물론 독자들이 파리의 습성에 대해서는 잘 알게 되겠지만, 지금 우리가 있는 곳이 레스토랑이며 바깥에는 비가 내리고 맞은편에 친구가 있었다는 사실은 까맣게 잊어버리게 될 것이다.

어빙 호웨Irving Howe는 《유태계 미국인 이야기Jewish American Storis》의 머리말에서 '최고의 작품은 감상적인 부분이 있을 수는 있지만, 감상적이기만 해서는 안 된다.'라고 썼다. 파리의 존재를 인식하고, 더 나아가 원한다면 파리를 사랑할 수도 있겠지만, 파리와 결혼하지는 말라는 것이다.

글쓰기는 사랑을 얻기 위한 도구가 아니다.

맨해튼에서 오 년 전에 강도의 습격을 받았던 친구가 있다. 그녀는 두 팔을 번쩍 들고 이렇게 고함을 쳤다고 한다.

"죽이지 말아요, 난 작가란 말이에요!"

그 말을 들은 나는 이런 생각이 들었다.

"정말 우습군. 왜 그 친구는 작가라고 말하면 무사하리라 생각했을까?"

착각에 빠진 작가. 우리는 작가라는 사실이 살아 있게 만드는 구실이 된다고 생각하는 경향이 있다. 우리가 이런 착각에 빠지는 이유는, 살아 있기 위한 조건이란 따로 없으며 삶과 글쓰기가 두 개의 다른 명제라는 사실을 망각하기 때문이다. 하지만 세상에는 자신이 글 쓰는 사람이라는 사실을 가지고, 자기 체면

뼛속까지 내려가서 써라

을 올리고 다른 사람들의 관심과 사랑을 받기 위한 방편이나 도구로 이용하는 사람들이 있다.

몇 년 전, 그동안 쓴 글들을 모두 발표했을 때, 나는 모두가 내 작품을 좋게 평가한다는 사실과 상관없이 외롭고 두려운 감정에 빠져 있었다. 나는 스스로 내가 쓴 글을 비난했다. 그렇게 문제투성이 글을 내가 썼을 리 없다는 생각뿐이었다.

그때 나는 이혼을 목전에 두고 있어서 심각한 자기비하 상태에 빠져 있었다. 나에게는 버팀목이 필요했는데, 시는 그 버팀목이 되지 못했다. 난 이 두 가지를 혼동하고 있었다. 내가 그 시가 아니라는 사실을 잊고 있었던 것이다. 시는 건강했지만 나는 건강하지 못했다.

나는 돌봐 줄 누군가가 절실하게 필요했다. 그 즈음 모임에 나갈 때마다 나는 데이트 상대와 동행했다. 그리고 내가 쓴 글을 읽어 주기가 무섭게 그에게 이렇게 말했다. "가까이 와서 날 좀 안아 줘요. 내가 얼마나 아름다운지, 재능 있는 여자인지 말해 줘요. 내가 멋지다고만 말해 줘요." 일주일이 지난 후에야 나는 내가 한 짓이 무엇이었는지 똑바로 볼 수 있었다. "내가 멋지다고 말해 줘요."라고 했던 말 뒤에 있는 추한 내 모습을 본 것이다.

작가인 우리는 늘 의지할 것을 찾아다닌다. 동료들에게, 비평가에게 인정받아야만 안심하려 든다. 그러나 자신의 재능이나 작품에 대해 보내는 타인의 칭찬에 기대어 살아가는 한, 그 작가는 다른 이들의 비평에서 자유로울 수 없다.

그보다는 우리의 근원적인 원조자에 대해 아는 편이 작품성을 높이는 데에 훨씬 도움이 된다. 우리는 이미 매 순간 무엇엔가 의지하고 있다는 사실을 알아야 한다.

우리가 서 있는 대지, 폐를 채우고 비우는 공기……이 모두가 우리가 의지하고 있는 것들이다. 그러니 무언가에 의지하고 싶어질 때 그 대상을 멀리서 찾지 말라. 바로 지금 자신이 의지하고 있는 것에서부터 시작하라. 창문을 뚫고 들어오는 햇빛, 아침의 침묵, 이런 것들에서부터 시작하라. 그런 다음 마주 보고 있는 친구가 "난 네 작품이 너무 사랑스러워!"라고 말하면 그 좋은 기분을 그저 간직하면 된다. 대지와 의자가 당신의 몸을 쓰러지지 않게 받쳐 준다는 사실을 믿는 것처럼 그 친구의 말을 그대로 믿어라.

한번은 예전에 가르쳤던 어떤 학생이 내게 자기 작품을 읽어 달라고 부탁했다. 나는 그녀가 보내 준 단편 두 편을 읽은 다음, 작품에 대해 이야기를 하기로 약속했다. 일 년 반 만에 만난 그녀의 작품은 상당한 감명을 줄 정도로 큰 발전을 보이고 있었다. 나는 그 학생에게 말했다.

"두 작품 모두 완벽하고, 감동적이고, 아주 아름다워!"

나는 작품에 대한 토론에 들어간 지 이십 분이 지난 다음에야 여학생이 점점 화를 내고 있다는 사실을 눈치챘다.

"선생님은 저에게 너무 많은 부담을 주시는군요."

뼛속까지 내려가서 써라

여기서 그녀와 내가 나누었던 대화를 그대로 적어 보겠다.

"선생님은 자신이 해야 할 일을 하지 않고 있습니다. 아까운 시간을 이렇게 헛되게 쓰다니요? 전 칭찬이나 듣자고 선생님을 찾아뵌 게 아니었어요. 저는 제 작품이 선생님 말씀처럼 그렇게 훌륭하지 않다는 것쯤은 알고 있습니다. 너무 과장이 심하시군요."

"잘 들어 봐. 내 말을 믿어야 해. 이건 정말 대단한 작품이야. 당장 출판해도 좋을 작품이라고."

나는 학생에게 작품을 팔아 보자고 제안했다. 한 달도 못 되어 두 개의 단편 중 하나가 꽤 이름 있는 잡지사에 팔렸다. 그녀는 원고료를 받았을 뿐 아니라, 잡지사로부터 "최근에 단행본 출판을 접으려 했는데, 이 작품이 워낙 훌륭해서 사업 방침을 바꾸었다."라는 극찬까지 받았다.

우리는 정직한 지원과 격려를 원한다. 그러면서도 막상 누군가 칭찬을 해 주면 그 말을 믿으려 하지 않는다. 반대로 비평하는 소리를 들으면, 너무나 쉽게 받아들이고 결국 자신은 별 볼 일 없고 진짜 작가도 못 된다는 쓸데없는 믿음만 키워가려 한다.

전남편이 나에게 자주 하던 말이 있다. "당신은 못생겼어. 하지만 내가 당신한테 관심을 가진 진짜 이유는……." 나는 전남편이 나를 칭찬하려 들면 한 번도 귀담아 듣지 않았지만, 그가 나에 대해 부정적인 말을 할 때는 나도 모르게 귀가 쫑긋해지곤 했다.

내가 칭찬을 하면 학생들은 이렇게 말한다. "선생님도 어쩔 수 없는 그런 분이군요. 학생들에게 뭔가 긍정적인 말을 해주려고 노력하는 다른 선생님들과 똑같아요."

친구들도 이렇게 말한다. "그래, 넌 내 친구니까. 이미 나를 좋아하는 네 입에서 무슨 다른 말이 나오겠니?"

그만! 누군가 당신을 칭찬해 준다면, 정말 그 말에 귀를 기울여야 한다. 아무리 그런 일이 익숙하지 않고 계면쩍더라도, 계속 숨을 들이마시고 귀를 기울이고 그 말을 받아들여야 한다. 그리고 칭찬을 받는 것이 이렇게도 좋다는 것을 반드시 느껴 보아야 한다. 작가가 되려면, 자신을 향한 긍정적이고 솔직한 격려를 받아들이는 데에 필요한 여유 있는 자세를 가져야 하니까.

꿈에 대해 써라.

어느 날 나는, 대부분이 삼 년 이상 습작을 하고 있는 일요일 저녁반 학생들에게 이렇게 물었다.

"여러분이 글을 써서 정말로 이루고 싶은 것은 무엇이죠? 여러분에게는 강력한 창조의 목소리가 있어요. 이 목소리로 당신이 이루고 싶은 것은 무엇입니까?"

드디어 우리가 키워 온 글쓰기의 힘에 형태와 방향을 잡아줄 시간이 된 것이다. 나는 학생들에게 다시 말한다.

"여러분의 가장 깊은 곳에 있는 꿈에 대해서 지금부터 오 분 동안 써 보세요."

의외로 많은 사람들이 자신의 진짜 꿈이 무엇인지 모르며, 아니 꿈이 있는지조차 깨닫지 못하고 있다.

자신의 꿈이 무엇인지에 대해 오 분에서 십 분 동안 써 보도록 하라. 이때 우리는 마음속에서 자리를 잡지 못하고 떠다니는 소망과 있는지조차 몰랐던 소망들을 적어야 하는 강요를 받는다. 이 소망들을 글로 적는 것은 우리 인식의 한가운데에 그 소망을 각인시킬 수 있는 좋은 기회이다. 그리고 소망에 대해 쓴 글을 다시 읽어 보라. 적혀 있는 꿈과 소망을 진지하게 대해야 한다. 만약 자신의 진짜 소망이 무엇인지 아직도 모르겠다면, 가고자 하는 방향이라도 잡아 두라.

작년에 이스라엘을 방문했을 때, 나는 예루살렘의 거리를 걸으며 내가 쓸 수 있는 다른 장르의 문학에 대해 꽤 심각한 고민에 빠졌다. 이제는 무언가 아주 새로운 형태의 글을 써야 한다는 생각이 나를 괴롭히고 있었다. 내가 알고 있는 많은 시인들이 장편에 도전을 한다는 소식이 들려왔다. 또 처녀작《보통 사람들Ordinary People》로 열광적인 반향을 일으킨 신예 소설가 주디스 게스트Judith Guest가 한창 사람들 입에 오르내리고 있는 시기이기도 했다.

나는 자신에게 계속 물어 보았다. "나탈리, 너 소설을 써 보고 싶지 않니?" 그 대답은 분명했다. "아니, 싫어!" 내가 원하지 않는 것이 무엇인지 스스로 잘 알고 있다는 점에서 나는 그나마 위안을 느꼈다.

그래도 마음은 여전히 무거웠다. 인생의 종점에 서 있는 내 모습이 환영처럼 펼쳐졌다. 쓰레기 같은 글나부랭이 속에 파묻

혀 손에는 얼마 되지 않는 마지막 시들을 부여잡고 마지막 숨을 거두며, 누군가에게 그 시를 읽어 달라고 애걸하는 내 모습이.

〈뉴요커〉지誌에 아주 기가 막힌 만화가 실린 적이 있다. 괴한이 장총 한 자루와 노트 한 권을 들고 비행기를 탄 다른 승객들을 향해 이렇게 외치는 만화였다. "여러분, 군소리하지 말고 앉으시오. 이제부터 내가 쓴 시 몇 개를 읽어 주겠소. 잘 들어보시오."

미국인들에게 시가 여가를 보내는 좋은 친구였던 적은, 먼 옛날부터 지금까지 한 번도 없었다.

그렇게 예루살렘 거리를 방황하고 있을 때, 시인이자 미스터리 소설가인 친구가 내게 지금 당신이 읽고 있는 이 책을 써 보라고 제안했다. 그때가 오 년 전 일이고, 나는 경제적인 면에서 형편이 좋지 않았다. 그 친구의 제안은 내 속에 잠들어 있던 소망을 일깨웠다. 물론 쉽지 않은 결심이었다.

하지만 강박증이 유령처럼 달라붙듯, 우리의 꿈도 계속 앞에서 어른거리는 성질이 있는가 보다. 나는 결국 꿈에 이끌렸다. 이처럼 우리는 자신이 지닌 꿈에 자연스럽게 관심이 향하게 될 뿐만 아니라, 바로 그 꿈에 의해 언젠가는 행동을 하게 된다. 그렇다. 꿈은 우리가 삶 속으로 관통해 들어가게 만드는 하나의 방법이다. 이게 틀린 말이라면 우리는 꿈과 함께 영원히 상상 속을 표류하는 것으로 끝날 것이다.

일단 자신의 목소리를 믿고 자신 안에 내재된 창의적인 힘을 허락하는 것을 배우게 될 때, 당신은 단편이든 장편이든 또는 시든, 그것을 쓰는 방향을 잡게 된다. 당신에게는 꿈을 채워 나가게 하는 기본적인 연장인 '글쓰기'가 있다. 또 기억할 것이 있다. 이런 식의 글쓰기를 통해 비로소 당신 안에 숨겨져 있던 은밀한 꿈들(티베트로 떠나고 싶다, 뉴멕시코 주에 태양열 작업실을 가지고 싶다 등과 같은)과 만나게 될 것이다. 이제 당신은 절대 당신의 꿈을 회피할 수 없다.

문장 구조에서 벗어나 사유하라.

'나는 개를 본다.'라는 문장이 있다. 여기서 '나'는 우주의 중심이다. 이러한 문장 구조 속에 살고 있는 우리는, 내가 개를 보고 있는 동안 개도 나를 보고 있다는 사실을 잊어 버린다.

우리의 사고방식은 문장 구조에 맞추어져 있고 사물을 보는 관점도 그 안에서 제한된다. 우리가 이 세상을 바라보고 살아가는 방식이 '주어 - 목적어 - 서술어'의 틀에 짜맞추어져 있다는 뜻이다. 이런 문장론에서 벗어날 때 우리는 새로운 시각을 얻을 수 있고, 신선한 세상과 만날 수 있으며, 글쓰기에 색다른 에너지를 불어넣을 수 있다.

우리는 호모사피엔스라는 지나친 우월감에 빠져 있다. 인간과 함께 살고 있는 다른 존재들에게도 인간 못지않게 중요한 그들만의 삶이 있다. 개미는 자기들만의 도시를 만든다. 개들도 그들만의 삶을 살아간다. 식물은 숨을 쉰다. 나무는 우리들보다 훨씬 수명이 길다.

인간이 고양이나 개 또는 파리를 주체로 삼아 '개가 고양이를 본다.'라는 식의 문장을 만들 수는 있겠지만, 그럼에도 불구하고 이 문장에는 인간의 언어 구조 속에 한정된, 자기중심적이고 자아도취적인 양식이 들어 있다. 우리는 세계를 지배하는 주인이 아니다. 그것은 망상이다.

카타기리 선사는 이런 말을 자주 했다. "세상에 존재하는 모든 것들을 친절하게 배려해 주십시오." 나는 그에게 물어보았다. "그런데 그러한 배려를 받아들일 수 있는 사물들이란 어떤 것인가요?" 그는 의자, 공기, 종이 그리고 심지어 거리^{距離}에 대해서조차 마음을 가진 존재로 다정하게 대해야 한다고 대답해 주었다. 그것이 이 세상 속에서 우리 마음이 이루어 내야만 하는 제일 큰 일이라고 했다.

보리수나무 밑에서 깨달음을 얻은 부처는 "나는 지금 모든 존재와 함께 깨달았다."라고 말했다. 그는 자신만이 분리된 듯 "나는 깨달았는데, 너는 못 깨닫는구나!"라고 말하지 않았다.

이 말은 결코 우리가 발밑에 있는 잔디나 개미를 괴롭히게 될까봐 노심초사한 나머지 꼼짝도 하지 말아야 한다는 뜻이 아니다. 또 우리가 사용하는 일반적인 문장 구조를 쓰지 말아야 한다는 뜻도 아니다. 결국에는 인간이 만든 언어 체계 속으로

뼛속까지 내려가서 써라

돌아가겠지만, 당신은 작가로서 이 세상을 이루고 지탱하며 관통하고 아우르는 그 근원적인 큰 흐름을 알고 있어야 한다는 뜻이다.

'나는 엉겅퀴 하나를 먹었다.'라는 문장을 썼다고 치자. 이 문장 때문에 당신은 사람들에게 미쳤다는 소리를 들을지도 모른다. 하지만 이제 당신은 일상적인 문장 구조를 넘어서서 엉겅퀴와 새로운 관계를 맺고, 엉겅퀴가 당신을 영원히 변화시킨다는 사실을 알게 되었다.

세상을 새롭게 바라보고 소통하는 법을 많이 알게 될수록, 당신은 글을 쓸 때 상황에 따라서는 구문론이라는 틀을 완전히 무시할 수도 있다는 것을 배우게 된다. 때로는 이처럼 문장 구조를 깨고 글을 씀으로써 우리가 말하고자 하는 진실에 한 발자국 더 가까이 다가갈 수 있다.

말
하
지 말
고 보
여 주
라
。

글쓰기에 관련된 오래된 속담이 하나 있다. '말하지 말고 보여 주라.'는 말이다. 무슨 뜻인가? 이것은 이를테면 분노라는 단어를 사용하지 않고서, 무엇이 당신을 분노하게 만드는지 보여 주라는 뜻이다. 당신의 글을 읽은 사람이 분노를 느끼게 하는 글을 쓰라는 뜻이다. 다시 말해 독자들에게 당신의 감정을 강요하지 말고, 상황 속에서 생생하게 살아 있는 감정의 모습을 그냥 보여 주라는 말이다.

글쓰기는 심리학 논문이 아니다. 우리는 감정에 '대해서' 말하자는 것이 아니다. 작가는 슬픔과 기쁨이라는 단어를 사용하지 않고서도, 독자의 마음을 슬픔과 기쁨의 골짜기로 안내할 수 있어야 한다.

새로운 생명이 태어나는 자리에서는 흥분과 축복이 공존한다. 그때 보이는 모습을 묘사해 보자. 산모의 얼굴, 거듭되는 진통 끝에 드디어 아기가 세상 속으로 나오는 순간 폭발하는 에너지, 젖은 아내의 이마를 수건으로 닦아 주며 아내와 똑같이 호흡을 맞추는 남편. 당신이 '생명의 본질'이라는 단어를 사용하지 않아도 독자는 이미 그것을 이해하고 느끼고 있다.

누군가의 글에서 '이것은 인생에 대한 이야기이다.'라는 식으로 무언가에 '대하여'라는 단어를 볼 때 나는 시끄러운 자명종 소리를 들은 기분이 든다. 물론 습작 시절에는 '나는 할머니에 대해서 쓰고 싶다.'라거나, '이것은 성공에 대한 이야기이다.'라고 적을 수 있다. 이것도 좋다. 이런 글을 썼다고 자신을 힐책하지는 말라. 자신이 작가라는 사실을 잊고 비판적인 편집자 행세를 할 필요는 없으니까. 당신은 그저 그렇게 썼다는 사실을 알면 된다. 그 다음에는 독자가 자연스럽게 이끌려 갈 수 있을 만큼 더 깊은 단계로, 이야기 속으로 들어가 주면 된다.

때로는 평범한 진술만큼 정확한 표현이 없을 때도 있다. 사진을 들여다보듯 하나하나 선명하고 분명한 어휘로 써야 한다. 심지어 에세이를 쓸 때도 평범한 진술이 한층 더 생생한 글을 만들어 줄 수 있다. 칸트나 데카르트 같은 철학자만 '나는 생각한다, 그러므로 나는 존재한다.'에 맞는 인생을 사는 것은 아니다. '나는 풍선껌에 대해서, 경주마에 대해서, 바비큐에 대해서 그리고 증권 시장에 대해서 생각한다. 그러므로, 나는 내가 20세기 미국에 존재하고 있음을 안다.' 이런 문장 또한 얼마든지 가능하다. 계속 밀고 나아가라. 칸트의 명언을 하나 빌려 그가 하는 말이 무엇인지 당신의 방식으로 보여 주면 된다.

몇 년 전 나는 누군가에게 들었던 이야기를 기반으로 소설 한 편을 썼다. 친구들의 반응은 내용이 진부하다는 쪽으로 쏠렸다. 나는 그 말을 이해할 수 없었다. 내 마음에는 쏙 드는 이야기였기 때문이다. 하지만 지금 나는 내가 그 이야기에 '대해서' 적었음을 깨닫는다. 나 자신이 이야기 속으로 들어가지 않았으면서 친구들에게 들어가라고 요구했던 것이다.

그렇다. 나는 이야기 바깥에 있었고, 그래서 어느 누구도 이야기 안으로 데리고 들어갈 수 없었다. 이 말은, 실제로 자신이 경험하지 않은 일은 절대 쓸 수 없다는 말이 아니다. 단지 그 이야기에 당신만의 숨결을 불어넣었는지 확인하라는 뜻이다. 당신의 숨결을 느낄 수 없는 글은 당신이 그 글 속에 들어 있지 않은 것이다.

뼛속까지 내려가서 써라

고유성을 허락하라. 그냥 '과일'이라고 말하지 말라. '이것은 석류 열매다.'와 같이 어떤 종류의 과일인지 분명히 밝혀 주라. 사물의 이름을 불러 주어 그 사물의 고유성을 만들어 주라.

사물에도 인간과 똑같이 이름이 있다. '창가의 꽃'이 아니라 '창가의 제라늄'으로 묘사하는 편이 훨씬 좋다. '제라늄'이라는 단어 하나가 훨씬 구체적이고 생생한 영상을 만들어 내고, 우리가 그 꽃의 존재 속으로 더욱 깊이 들어가게 도와 준다. '창가의 제라늄'이라는 단어를 읽자마자 우리는 창문 옆의 정경을 눈에 보이듯 그리게 된다. 새빨간 꽃잎, 원형의 초록 잎사귀, 햇빛을 향해 온몸을 세우는 꽃…….

십 년 전 나는 주변에서 흔히 보는 나무와 꽃들의 이름을 배우겠다는 결심을 했다. 나는 여기에 대한 책을 구입한 다음 가로수가 늘어서 있는 볼더 가를 천천히 내려가면서 단풍나무, 느릅나무, 참나무, 아카시아의 잎사귀와 씨앗 하나하나를 면밀하게 관찰했다. 그리고 관찰 내용을 노트에 자세히 기록했다. 나는 이웃 사람들에게 자기네 집 정원에서 키우고 있는 꽃과 나무 이름을 일일이 물어 보기도 했다. 놀랍게도 많은 사람들이 자신의 정원에서 같이 거주하는 살아 있는 존재들에게 이름이 있다는 사실조차 잊어버리고 있었다.

사물의 이름을 알고 있을 때 우리는 근원에 훨씬 가까이 다가갈 수 있다. 우리 마음속 흐릿한 부분이 선명해지면서 이 지상의 삶에 더 튼튼한 줄을 이어 주기 때문이다. 나는 거리를 걷다가, 내가 아는 식물들인 산딸나무나 개나리를 보면 그 장소에 더 깊은 친근감을 느낀다. 나를 둘러싸고 있는 것들이 무엇인지 알고, 그 이름들을 하나씩 불러 줄 때 느끼는 기분은 내가 살아 있다는 사실에 대한 명쾌한 증명인 것만 같다.

윌리엄 칼로스 윌리엄즈^{William Carlos Williams}의 시를 읽다 보면 그 시인이 나무와 꽃 하나하나를 얼마나 특별하게 다루는가를 알게 된다. 그의 시에는 치커리, 아카시아, 포플러, 마르멜로, 노랑 데이지, 라일락 등이 모두 자신만의 고유한 구체성을 지니고 있다. 그는 '바로 당신 코앞에 있는 것을 쓰라.'고 말했다.

우리들 코앞에 있는 것을 세상에 알려 주는 일, 그 얼마나 멋진 일인가! 그러므로 우리는 더이상 그냥 '데이지꽃'이라고 하지 말고, 우리가 처다보고 있는 '그 데이지꽃'을 말해야 한다. 꽃의 이름은 물론이고, 어떤 계절의 어느 날인지, 나아가서 어느 순간인지까지도 느껴지도록 말해야 한다.

> 데이지꽃이 지구를 안고 있네.
> 팔월에…… 갈색 끄트머리
> 초록과 뾰족한 가시
> 노랑으로 무장했네.
> – 윌리엄 칼로스 윌리엄즈, '데이지' 중에서

또 윌리엄즈는 '생각이 아니라 사물 속으로 파고들라.'고 말했다. 지금 당장 '당신의 코앞에' 있는 것에 대해 공부하라. 그냥 '꽃'이라고 부르는 대신 '제라늄'이라고 말할 때 당신은 현재 속으로 더 깊게 뚫고 들어가게 된다. 우리가 우리들 코앞에 있는 사물에 더 가까이 갈수록, 그 사물이 우리에게 모든 것을 더 많이 가르쳐 줄 것이다. 윌리엄 블레이크는 '순수의 전조'에서 이렇게 말했다. '한 알의 모래에서 세상을 보고, 한 송이 들꽃에서 천국을 본다.'

사람의 이름도 마찬가지이다. 같이 글쓰기 수업을 받는 다른 사람의 이름을 가능한 한 빨리 알아 두라. 그러면 자신이 속해 있는 모임의 성격을 빨리 파악하게 될 뿐 아니라 다른 사람의 작품 토론에 훨씬 더 적극적으로 참여하게 될 것이다.

사물들 속으로 파고들라. 새, 꽃, 치즈, 트랙터, 자동차, 비행기……이 모든 것의 이름을 배우라. 작가는 건축가이자 프랑스 요리사이며, 농부여야 한다. 그리고 동시에, 작가는 이런 것 중 어느 것도 아니어야 한다.

좋다. 무언가 특별한 것에 대해 써 보자. 가령 서양 삼나무를 가지고 숟가락을 조각한다고 해 보자. 여기에 필요한 세부 과정들을 모두 묘사해 보라. 당신이 직접 조각을 하는 기분으로 글 속에 뛰어들어야 한다.

그렇다고 절대 근시안적인 묘사에만 매달려서도 안 된다. 글쓰기에 전념하는 동시에 당신의 의식 한 부분은 하늘색이 어떠한지, 멀리서 윙윙거리는 제초기가 있다는 사실 정도는 인식할 수 있게 남겨 두어야 한다. 숟가락을 조각하고 있는 그 순간, 창문 밖으로 보이는 거리 풍경에 대해서 단 한 줄이라도 언급해 보라. 이것은 좋은 훈련이 될 것이다.

선 명상법에 행선行禪이라는 것이 있다. 이것은 아주 천천히 걷는 것을 배우는, 일종의 걸어다니는 명상법이다. 행선은 서 있는 자세에서 출발한다. 숨을 들이마시면서 발뒤꿈치와 바닥에 맞닿아 있는 발가락을 들어 1인치 정도 앞으로 나아간다. 그리고 아주 천천히 숨을 내쉬면서 아주 천천히 발을 앞으로 내딛는다. 이때 당신은 양 무릎이 굽어지고, 발꿈치가 바닥에 닿는 것을 느낀다. 이 모든 동작을 아주 느린 속도로 진행한다. 그런 다음 반대편 발로도 같은 동작을 반복한다. 행선은 약 십 분 동안 계속한다.

이렇게 느린 동작을 하다보면 사소한 발걸음 하나하나도 온몸과 연결되어 이루어진다는 사실을 깨닫게 된다. 그리고 발을 내디딜 때마다 공기와 창문, 햇빛의 존재도 느끼게 된다. 만약 바닥이 없다면, 하늘이 없다면, 생명의 원천인 물이 없다면, 우리는 단 한 발자국도 뗄 수 없음을 깨닫는 순간이다. 이렇게 모든 것이 서로 연결되어 있으며 서로를 관통하고 있다. 계절조차도 우리의 걸음을 지탱하게 해 준다.

글쓰기 속에 몰입하는 것은 좋은 일이다. 하지만 세상과 차단하기 위해서가 아니라 언제나 세상의 실체를 보여 주기 위한 몰입이어야 한다. 그리고 이 균형을 잡는 데에는 상당한 기술이 필요하다.

뼛속까지 내려가서 써라

평범과 비범은 공존한다.

지난 주말에 나는 뱀춤을 보기 위해 애리조나 주에 있는 호피
족 인디언 거주 지역에 갔다. 그곳은 흡사 달의 표면처럼, 거대
한 암석으로 이루어진 언덕이 계속 이어지는 아주 황량한 곳이
었다. 인디언들은 비를 내려 달라고 거행하는 기우제에서 뱀춤
을 볼 수 있다고 말했다.

  인디언 기우제를 지내려면 먼저 벌헤드, 방울뱀, 블루레이서
등 세상에 있는 온갖 종류의 뱀을 잡아야 한다. 주술사는 행사
가 있기 전 나흘 밤낮 동안 잡아온 뱀들과 함께 먹고 자며 지낸
다. 드디어 춤이 시작되면 남자들은 뱀을 입에 물고 몸을 앞뒤
로 흔들어 댄다. 그리고 춤이 끝나면 인디언들은 자신이 입에
물었던 뱀을 손에 들고 언덕을 달려 내려간다. 뱀을 잡았던 장

소를 향해 서서 모든 뱀을 놓아주는 것이다.

나는 놀라움을 참을 수 없었다. "이 엄청나고 신화적인 의식을 내가 글로 옮길 수나 있을까?" 나와 함께 갔던 한 친구가 나에게 물었다. "이 거대한 공간, 저 바위 언덕들과 하늘을 좀 봐. 여기에는 신이 있어. 여기에 신이 있다는 느낌을 어떻게 세부 묘사로 표현할 수 있을까?"

우리는 세부 묘사를 개미나 파리 같은 것에만 사용하는 것으로 잘못 알고 있다. 다시 말해 세부 묘사라는 훌륭한 방법을 우리 스스로 작은 것에만 한정시키고 있다는 것이다. 우리는 세부 묘사가, 마음이 우주만큼이나 큰 왕국이라는 것을 표현하거나 뉴멕시코의 높은 언덕들을 나타내기에는 어울리지 않는다고 생각한다. 하지만 이것은 사실이 아니다. 거대한 크기를 가진 것과 현실을 벗어난 환상적인 것에도 지극히 평범하고 일반적인 모습이 담겨 있다.

우리는 세부 묘사를 일상적이고 세속적인 것에 한정시키려 한다. 하지만 우리는 글쓰기의 기본이 되는 대상을 단순히 대상으로 다루어서는 안 된다. 우리들 눈에 엄청나게 크게 보이는 자연환경도 오래전부터 그곳에서 살아왔던 호피족 인디언들에게는 지극히 평범한 풍경일 뿐이다. 그들은 매일 눈을 뜸과 동시에 거대한 바위 언덕을 보고 살아왔다.

기본 정보만을 다룬 묘사는, 그 안에 든 비범함을 볼 수 없는 사람들에게는 지극히 평범한 것으로 보인다. 그렇다고 해서 자연이 얼마나 위대한지 보기 위해 호피족이 살고 있는 곳으로 가야 한다는 말이 아니다. 우리는 이미 여러 가지 방법으로 그곳의 장관을 보고 있다. 또 뱀춤은 호피족 사람들에게 아주 깊은 의미를 지니는 동시에 그저 살아 있는 동안 치러지는 연중행사의 하나이기도 하다. 그리고 다른 세상 사람들이 그렇듯이, 뱀춤이 끝나면 인디언들은 친구들을 집으로 불러 저녁을 대접한다.

만약 우리가 호피족의 삶과 축제만이 환상적이고 우리의 삶은 평범하다고 생각한다면, 우리의 글은 무언가가 결핍된 아주 건조한 것이 된다. 우리는 모든 것이 이미 평범함과 비범함을 동시에 가지고 있음을 놓쳐서는 안 된다. 열릴 때도 있고 닫힐 때도 있는 것이 우리 마음이다. 세부 묘사는 무엇이 좋고 무엇은 나쁘다라는 식의 범주에 들어가지 않는다. 그것이 세부 묘사의 본질이다.

뱀춤은 극도의 집중력이 필요한 하나하나의 구체적인 '세부 동작'으로 이어진다. 여기에는 그럴 만한 이유가 있다. 호피족 사람들은 뱀을 입에 물고 있어야 하니까. 이 광경을 지켜보는 사람들은 너무도 새롭고 이질적인 광경 때문에 이 사실은 생각하지 못하고 그저 환상적이라고만 느낀다. 하지만 이 춤 역시 인디언의 관점에서 보자면, 수백 년 동안 반복되어온 아주 일상적이고 평범한 것이기도 하다.

이 사실을 쓰기 위해 우리는 춤을 추는 사람의 심장 속으로 들어가서 우리 눈앞에서 평범함과 비범함이 동시에 불꽃처럼

뼛속까지 내려가서 써라

피어오르게 해야 한다. 모든 사물을 올바로 해석하고 이해하기 위해서는 아주 깊이 들어가야만 한다. 그 다음에는 세부 묘사가 독자의 눈앞에 그러한 현실을 창조할 것이다.

내 가까운 친구 한 명이 최근에 오토바이 사고를 당했다. 그는 사고 전날 밤 한 숨도 못 자고 아침 일찍 매사추세츠로 장거리 여행을 떠났다가 가수면 상태에서 시속 85마일의 속도로 자동차를 들이받고 말았다. 불행 중 다행인 것은 오토바이는 완전히 박살이 났지만 그는 상처 하나 입지 않았다는 사실이다.

이 소식을 전해 들은 나는 심장이 멎는 줄만 알았다. 만약 그가 사고로 죽었다면 내 인생마저 흔들렸을 것이다. 우리 모두는 그물망처럼 얽혀서 서로의 우주를 창조해내고 있다. 누군가 제 수명을 채우지 못하고 죽는다면, 그 사람은 살아남은 다른 사람들에게 슬픈 파장을 남기게 된다.

우리는 혼자가 아니며 서로 연결되어 있다. 우리는 이 지구를 위해, 텍사스를 위해, 지난 밤 우리의 끼니를 위해 생명을 바친 병아리를 위해, 각자의 어머니를 위해, 고속도로와 나무들을 위해 살고 있는 것이다. 그래서 우리에게는 우리 자신을 친절하게 대할 책임이 있다. 먼저 자신에게 친절할 때에만 세상을 친절하게 대할 수 있을 것이다.

어떻게 글쓰기를 대해야 하는가 하는 문제도 마찬가지이다. 글쓰기를 대하는 올바른 눈이 떠질 때 우리는 세부 묘사를 개인적이고 물질적인 대상이 아니라 모든 진실을 반영시키는 것으로 다루게 된다.

카타기리 선사는 말했다.

"찻잔 하나에도 아주 깊은 의미가 있습니다."

당신이 찻잔 또는 바위 언덕, 하늘이나 개미에 대한 글을 쓰고 있을 때 그 대상을 깊이 이해해야 한다. 그 대상들에게 선의의 관심을 기울이고 그들을 가슴으로 느낄 수 있어야 한다. 이렇게 함으로써 우리는 모든 사물이 서로 연결되어 있음을 이해하게 되고, 글쓰기를 통해 초월적인 세계로 도약할 수 있게 된다.

마음에 맞는 친구에게 당신이 쓰고 싶은 이야기를 해보자. 알부 퀘르크에서 지냈던 시절에 대해서, 친구 케이트와 함께 뉴멕시코 주 아로요 세코에 있는 닭장에서 좌선을 했을 때의 모습에 대해서, 어머니가 매일 아침 코티지 치즈(탈지유로 만든 희고 연한 치즈)와 토스트를 먹던 모습에 대해서 툭 터놓고 말해보는 것이다.

친구가 열심히 귀를 기울이게 되면, 당신은 그 이야기에 색을 입히고 싶어질 것이다. 과장을 하는 것은 물론이고 심지어 악의가 없는 기가 막힌 거짓말을 보태고 싶어질 것이다. 그리고 상대가 진짜 친구라면, 당신이 십 년 전 이야기를 조금 각색해도 일일이 따지지 않을 것이다. 친구는 벌써 이야기에 매료되어 있기 때문이다.

한번은 함께 점심을 먹던 남자 친구가 이렇게 말했다. "네가 지난 달에 들었던 가장 재미있는 소문이 뭔지 알려 줘. 딱히 생각나는 게 없다면 꾸며서라도 말해봐." 뉴욕에 살고 있는 단편 작가 그레이스 팔레이^{Grace Paley}는 또 이런 말을 했다. "작가는 모든 소문과 지나가는 이야기를 귀담아 들을 책임이 있다. 이야기꾼은 이런 방식으로 인생을 배워 나간다."

이야기를 지어 보는 것은 좋은 방법이다. 이런 일을 부끄러워하거나 수치스럽게 생각하지 말라. 이야기 만들기는 글쓰기 훈련의 자원이다. 이야기를 해봄으로써 무엇이 다른 사람의 관심을 끌고 무엇이 지루하게 만드는지 의사전달력과 표현력을 배우게 된다.

나는 웃으며 친구들에게 이렇게 말한다. "우리는 잔인하고 못된 추문을 만들려는 게 아니잖아. 그저 인생이란 무엇인지 일상의 단면들을 통해 바르게 이해하려고 노력하는 것뿐이야." 그리고 이 말은 사실이다. 우리가 글쓰는 방법을 배우는 이유는 누군가를 심판하거나 탐욕과 질투를 키우기 위해서가 아니라 스스로의 인생에 대해 경탄하고 애착을 가지기 위해서이다.

미네아폴리스 중심가에 있는 뉴 프렌치 바에서 글 쓰는 여자 친구에게 내가 불교도가 된 이유를 말하던 날이 생각난다. 나는 전에도 같은 이야기를 다른 사람들에게 말한 적이 있었다. 하지만 그때 그 친구는 너무도 열심히 내 이야기를 들어 주었고, 그래서 나는 어느 때보다도 이야기에 열을 올릴 수 있었다. 그때 내가 앉았던 식탁의 테이블보가 무슨 색인지, 포도주 잔이 어떤 모양이었는지 지금도 선명하게 기억난다. 그때 나는 이 이야기 속에는 아주 훌륭한 소설의 재료가 들어 있으며, 이 이야기를 소설로 써야만 한다는 사실을 알게 되었다.

일상생활에서 나누는 대화를 통해서도 작가들은 새로운 글감을 찾아낸다. 한번은 친구에게 지나가는 말로 이렇게 말한 적이 있다. "오, 그 남자는 그 여자에게 미쳐 있어." 그 즈음 미스터리 소설을 쓰던 친구는 당장 이렇게 되물었다. "그 남자가 그 여자에게 어떻게 미쳐 있는데? 그가 구체적으로 무슨 짓을 했는지 말해줘." 나는 소리내어 웃었다. 작가는 일반적인 묘사로는 만족하지 못한다. 작가는 어떤 사건에 대해 그냥 '말하는 것'이 아니라 '보여 주기'를 원한다.

다른 친구에게서는 그녀의 아버지에 대한 이야기를 들은 적이 있다. 그녀의 아버지는 그녀가 열두 살이 되었을 때 갑자기 집을 나간 후 독실한 기독교인으로 변해서 돌아왔는데, 하지만 그것도 잠시였고 다시 세 군데의 고장을 돌아다니며 교회의 돈을 횡령해 식구들을 충격에 빠뜨렸다고 한다. 내 친구 개인에게는 정말 비극적인 일이었다. 하지만 나는 그녀에게 정말 멋진 이야깃거리라고 말했다. 친구의 얼굴이 금세 환해졌다. 그녀는 이 이야기를 글쓰기의 재료로 변형시킬 수 있다는 사실을 깨달은 것이다.

말하기는 혼자서 펜과 종이만을 상대로 보내야 하는 길고 긴

창작의 시간에 앞서 하는 준비운동이다. 당신이 수없이 누군가에게 말했던 이야기들을 목록으로 만들어 보라. 그것으로 글쓰기의 많은 부분은 이미 이루어졌다.

뼛속까지 내려가서 써라

작
가
는

위
대
한

애
인
이
다
。

한 학생이 말했다. "전 요즘 헤밍웨이만 읽어요. 헤밍웨이를 닮아가기 시작하는 것 같아 두려워요. 나 자신의 목소리는 잃어버리고 점점 헤밍웨이를 흉내 내고 있는 것 같아요."

글을 쓰려는 사람들은 늘 자신이 누군가를 모방하려 들기 때문에 자신만의 독특한 양식을 살려 내지 못한다는 걱정을 한다. 하지만 쓸데없는 걱정이다.

글쓰기는 공동체의 산물이다. 일반인들의 믿음과는 정반대로 작가는 절대 불을 지키기 위해 홀로 싸우고 있는 프로메테우스가 아니다. 그래서 글 쓰는 사람은 완전히 혼자만의 고유한 정신을 가지고 있어야 한다는 식으로 말을 하면, 나는 솔직히 아주 화가 난다.

우리는 앞서 있었던 모든 작가들의 짐을 나르고 있다. 우리는 이 시대의 역사, 이념 그리고 대중문화 모두를 끌어안고 있다. 그리고 이 모든 것이 글쓰기 안에 용해되어 나타나는 것이다.

작가들은 위대한 애인이다. 작가들은 다른 작가들과 수시로 사랑에 빠진다. 이것이 바로 그들이 글쓰기를 배우는 방법이다. 그들은 한 작가에게 다가가, 그가 쓴 모든 작품들을 통해 그가 어떻게 움직이고 휴식을 취하는지, 어떻게 세상을 바라보는지 완전히 이해할 수 있게 될 때까지 읽고 또 읽는다.

자신에게서 빠져 나와 다른 누군가의 피부 속으로 옮겨 들어가는 것, 이것이 바로 사랑에 빠진 사람의 모습이다. 다른 사람이 쓴 글을 사랑하게 되는 능력이 당신 안에 있는 능력을 흔들어 깨운다는 뜻이다. 남의 글을 사랑하게 되는 것은 당신을 더 크게 해줄 뿐 절대 남의 것을 탐내기만 하는 도둑고양이로 만들지 않는다. 다른 작가가 쓴 글이 아주 자연스럽게 당신 것으로 변해 가면, 당신은 글을 쓸 때 그것들을 활용하게 될 것이다. 하지만 작위적이어서는 안 된다. 위대한 연인들은 자신이 사랑에 빠져 있다는 사실을 스스로 깨닫는다.

《아프리카의 푸른 언덕Green Hills of Africa》을 읽을 때 당신은 사파리 여행을 떠난 어니스트 헤밍웨이가 된다. 또 때로는 섭정관 여인을 처다보고 있는 제인 오스틴Jane Austen이 되기도 하며, 뿌연 먼지 낀 텍사스 마을을 걷고 있는 레리 맥머티Larry McMurtry가 되기도 한다.

뼛속까지 내려가서 써라

그러므로 작품은 그냥 글을 쓰는 것만으로 이루어지지는 않는다. 글쓰기는 다른 작가들과 관계를 맺는 것이다. 그리고 여기에는 절대 질투심이 자리 잡아서는 안 된다. 만약 누군가가 대단한 작품을 썼다면, 그가 작품을 통해 세상을 좀더 명료하게 만들어 준 것에 대해 당신은 진심으로 감사해야 한다.

다른 작가들을 나와 '분리된' 존재로 여기지 말라. '그들은 훌륭한데, 나는 형편없어.'라는 식으로 이분법적인 생각도 하지 말라. 이런 사고방식을 가진 사람은 좋은 작품을 쓰기 어렵다. 물론 그 반대도 마찬가지이다. '나만 훌륭하고 나머지는 모두 형편없는 글쟁이들이야.' 이런 지나친 자만심으로는 절대 훌륭한 작가가 될 수도 없을뿐더러 당신 작품에 대한 비평에도 귀를 막게 만든다.

그러므로 "그들도 훌륭하고, 나도 훌륭하다."라고 말하자. 이 말은 많은 가능성을 만들어 준다. "그들이 여기까지 오는 데에는 오랜 시간이 걸렸어. 그러니까 나는 잠시 그들의 경로를 따라가면서 배우면 돼." 얼마나 솔직하고 마음 편한 고백인가.

다른 작가들과 동지가 되어라. 마음 속에 있는 진실의 한 부분만을 찾아내기 위해 세상을 버리고 자신에게만 틀어박힌 존재가 되는 것보다, 자신을 통해 많은 목소리를 반영시키는 작가들과 동지애를 느끼는 것이 더 낫다.

우리는 더 큰 사람이 되어 두 팔로 세계 전체를 담는 글을 써야 한다. 거친 황야에서 홀로 떨어져 글을 쓸 때에도 자신을 둘러싼 모든 것들과 같이 있어야만 한다. 우리는 이 모든 것과 분리된 존재가 아니다. 인간만이 이 모든 것을 인식할 수 있는 유일한 존재라는 생각은 자기 본위에서 나온 우월감일 뿐이다.

당신이 살고 있는 지역에 글을 쓰는 사람이 있는지, 함께 도움을 주고받을 만한 사람이 있는지를 아는 것도 많은 도움이 된다. 언제까지나 자신만을 의지해 밀고 나아가기란 매우 힘든 일이다. 나는 학생들에게 서로에 대해서 알아 두고, 작품을 다른 사람들과 나누라고 조언한다. 작품을 자신만의 습작 노트에 사장시키지 말라. 바깥으로 꺼내 놓아라.

예술가는 외롭고 고통스러운 존재라는 생각 같은 것은 떨쳐 버려라. 어차피 인간은 누구나 고통스럽다. 자신만이 고통스럽다고 생각해서 문제를 더 어렵게 만들 이유는 없다.

현상을 넘어 사물 속으로 파고들라.

나는 학생들에게, 특히 세상 이치에 빠르게 눈을 뜨기 시작하는 6학년 학생들에게 '1 더하기 1은 2'라는 논리적 생각을 뒤집으라고 말한다. 1 더하기 1은 48이 될 수도 있고, 벤츠 승용차나 애플파이 그리고 푸른 말이 될 수도 있다. 이런 가능성을 진정으로 받아들여라.

자서전을 쓸 때도 엄연한 사실들만 열거해서는 안 된다. '나는 6학년이다. 나는 소년이다. 나는 오와토나에 살고 있다. 나에게는 어머니와 아버지가 계시다.' 이런 글이 아니라 진짜 당신이 누구인지 알게 해주라. '나는 창문에 낀 서리이며, 젊은 늑대의 울부짖음이며, 가느다란 풀잎입니다.' 이것이 훨씬 더 진실하게 들리지 않는가.

당신이 누구인지 잊어버려라. 당신이 쳐다보고 있는 모든 사물들 안으로, 거리 속으로, 물 잔에 담긴 물 속으로, 옥수수 밭 속으로 들어가 그대로 사라져 버려라.

당신이 느끼는 바로 그것이 되어 그 감정을 태워 버려라. 걱정하지 말라. 당신은 초조함에서 벗어나 환희에 도달할 것이다. 만약 당신이 어떤 감정을 잡았다거나, 그 감정과 완전히 하나가 된 바로 그 순간을 냄새 맡거나 보게 되면, 당신은 이미 위대한 시를 만들어 놓은 것이다.

그런 다음 우리는 다시 지상의 삶으로 돌아온다. 위대한 비전을 갖춘 작품만이 남는다. 바로 이것이 우리가 또 다시 책 속으로(물론 좋은 책 속으로) 돌아가야만 하는 이유이다.

그러니 우리가 누구이며 어떻게 우리 자신에게 이를 수 있는지 밝혀 주는 작품을 읽고 또 읽어라. 이 과정 속에서 우리는 자신과 타인에 대한 연민을 키우고 다정한 마음을 갖게 되는 것을 거듭 체험하게 된다.

먹잇감을 응시하는 고양이처럼.

글을 쓰고 있지 않을 때도 당신은 작가이다. 당신이 작가라는 사실은 언제 어디서든 떨쳐 버릴 수 없다. 이제 개를 데리고 산책을 나가 주변의 모든 것을 사냥해 보자. 동물처럼 자신의 모든 감각을 총동원해야 한다.

　방 안에 있는 고양이가 움직이는 물건을 응시하는 모습을 지켜본 적이 있는가. 고양이는 아무 소리도 내지 않으면서 동시에 모든 감각을 동원해서 보고, 듣고, 냄새를 맡는다. 당신이 거리에 나가 배워야 할 것이 바로 그런 고양이의 태도이다.

　고양이는 돈이 얼마나 필요할까 계산하거나, 플로렌스에 가면 누구에게 엽서를 보낼까 고민하지 않는다. 단지 생쥐 한 마리, 마룻바닥에 구르고 있는 공 또는 크리스탈에 반사되는 빛줄기를 응시하고 있을 뿐이다. 고양이는 언제라도 자신의 모든 것을 튀어 오르게 할 준비를 하고 있다. 그렇다고 당신이 당장 네 발로 기고 꼬리를 치켜 세우라는 말은 아니다. 단지 고요하게 응시할 줄 알아야 한다는 것이다.

유럽 여행을 같이 갔던 내 친구는 길을 잃어버리면 안 된다는 이상한 강박증이 있었다. 그녀는 지도를 읽을 줄 모를 뿐 아니라 누구라도 한 번 보면 알 수 있는 아주 간단한 표시도 구별하지 못했다. 예를 들어 "우리는 어제 피자 가게에 있었는데, 거리 맞은편에는 사보이 호텔이 있고, 바로 거기서 음악회 표를 샀지. 그러니까 여기서 모퉁이를 돌면 될 거야."라는 식의 공간 계산은 그 친구에게 불가능했다. 그녀는 미리부터 길을 잃어버릴 것이라고 겁에 질리곤 했다.

카타기리 선사는 말한다. "당신은 지금이라도 부처가 될 수 있습니다." 하지만 우리는 너무 바쁘거나 두려움에 빠져 이 사실을 잊어버린다. 길을 잃어버릴까 하는 두려움 때문에 그녀는 항상 길을 잃어버리는 것이다.

작가로서 우리가 세계 속으로 걸어 들어가는 이유는 무엇인가. 그것은 동물적인 감각으로 우리가 살고 있는 현재의 모든 모습들 - 거리의 간판, 모퉁이, 소화전, 신문 가판대를 보고 듣고 감지해서 자신을 이루는 한 부분으로 끌어들이기 위해서이다.

어떤 글을 쓰겠다고 계획했을 때 동물처럼 행동해보자. 동물처럼 천천히 움직이고, 동물처럼 당신이 쓰려는 이야기의 먹잇

감들을 하나씩 비축해 두자. 어떤 방법이든지 상관없다. 일상의 찌꺼기에서 발굴해 내든지, 도서관을 찾아가든지, 정신의 정원으로 나가든지 마음대로 하라.

무엇이 되었든 모든 감각을 집중시켜라. 논리적인 마음은 꺼버려라. 마음을 비워 놓고 생각이 들어가지 않게 하라. 언어가 배꼽에서부터 올라오는 것을 느껴라. 머리를 위 속으로 끌어내리고 소화시키라. 당신의 육체가 양분을 빨아들이도록 내버려두라. 인내심을 가지고 한결같은 균형을 유지하라. 생각의 지층에 있는 무의식의 세계 속으로, 당신의 핏줄 속으로 글쓰기를 삼투시키라.

그런 다음 드디어 당신에게서 튀어나올 때, 가령 아침 열 시에 글을 쓰겠다고 작정했다면 그 주어진 시간에 압력을 가해야 한다. 한 시간이든 이십 분이든, 시간의 길이는 중요하지 않다. 중요한 것은 이 시간을 의미 있고 가치 있게 만드는 것이다. 손을 멈추지 말고 모든 것을, 정맥에서부터 곧장 펜을 통해 종이 위에 토해 놓게 만들라. 멈추지 말라. 망설이지 말라. 백일몽을 꾸지 말라. 제한된 시간이 끝날 때까지 쓰라.

하지만 염려 말라. 이것이 마지막 기회는 아니다. 오늘 생쥐를 놓쳤다 해도 내일 잡으면 된다. 당신은 결코 당신을 떠나지 않는다. 작가는 요리를 하든, 잠을 자든, 산책을 하든 언제나 작가이다. 그리고 당신은 작가인 동시에 자식을 키우는 어머니이거나, 화가이거나, 목수일 수도 있다. 이런 부분들 역시 글쓰기에서 그대로 드러나게 된다. 당신은 자신의 부분들로부터 자신을 분리시킬 수 없다.

제일 좋은 글은 당신 안에 들어 있는 모든 것이 실린 글이다. 작품을 쓰다가 세상으로 나갈 때는 당신의 모든 것을 데리고 나가라. 아주 상식적인 생각에서부터 부처와 같은 마음까지. 그리고 지나가는 거리의 이름을 하나씩 불러 주면 절대 길을 잃는 법은 없을 것이다. 그리고 자신에게 이렇게 말하라. 나는 내일 다시 글쓰기로 돌아갈 수 있으며, 한 마리 동물이 되어 거리를 쏘다니고 있는 지금도 나의 글쓰기는 계속되고 있다고.

자신을 믿어라.

칠십 년대 초반, 여성의 언어에 대한 논문 하나가 발표되었다. 그 논문은 나에게 생각할 여지를 많이 남겼고, 결과적으로 글쓰기에도 적지 않은 영향을 주었다.

그 내용 중 하나는 여성들이 자신이 했던 말에 인증이나 확인을 요구하는 경향이 강하다는 사실이었다. 예를 들면 "베트남 전쟁은 끔찍해. 그렇지 않아?"라거나 "난 이게 좋은데, 넌 싫으니?"와 같은 말 속에는 항상 다른 사람의 감정과 의견을 강요하는 느낌이 들어 있다. 또 다른 특징으로 지적된 것은 '어쩌면, 아마도, 아무튼'과 같은 부정형不定形의 수식어를 자주 사용한다는 점이었다. '그래, 갈게'와 '어쩌면 갈지도 몰라' 중에 어느 쪽이 더 선명한가?

세상이란 언제나 흑백으로 갈라지는 곳은 아니다. 하지만 작가가 되고 싶다면 분명하고 확실하게 진술하는 것이 필요하다. "글쎄, 웃기는 소리처럼 들릴지도 모르지만, 나는 아마 그것이 푸른 말이었을 거라고 생각해." 이런 글은 곤란하다. "이것은 푸른 말이다."라고 자신 있게 말하라. 이런 글을 쓰기 위해서는 먼저 자신의 마음을 믿고 자신의 사고 속에 똑바로 서 있는 훈련을 해야 한다.

그 논문을 읽은 후 나는 집에 돌아가서 가장 최근에 썼던 시를 꺼내 읽었다. 그러고 나서 내가 쓴 모호하거나 분명치 않은 단어와 구절을 모두 골라냈다. 마치 샤워를 마친 후 알몸으로 서서 자신의 벌거벗은 몸을 쳐다보고 있는 기분이었다. 처음에는 무섭고 겁이 났지만, 기분은 좋았다. 분명치 않은 부분을 걸러 내는 작업이 시를 한결 좋게 만들어준 것이다.

비록 우리 인생이 언제나 선명한 것은 아닐지라도, 명확하게 인생을 표현해 보는 것이 좋다. "이것이 내가 생각하고 느끼는 것이다." "이것이 이 순간의 나이다." 이렇게 쓸 수 있게 되기까지는 많은 훈련이 필요하지만, 당신은 훗날 그만한 보상을 받게 될 것이다.

하지만 글쓰기 훈련 단계에 있는 사람이라면 설령 이러한 부정형 언어들을 자주 사용하고 있더라도 너무 염려하지 말라. 정확하지 않은 진술을 쓴다고 자신을 비난하거나 비하하지 말라. 그저 그렇다는 사실을 알고 있으면 된다. 글은 계속 써 내려가

라. 그런 다음 자신이 쓴 글을 전체적으로 다시 읽을 때 선명하지 못한 부분을 잘라 내도 늦지 않다.

또 하나, 스스로 경계할 부분은 바로 질문이다. 자신이 만들어낸 질문에는 스스로 대답도 할 수 있어야 한다. 글을 쓰고 있는 동안 질문 하나를 만들 수 있다면 아주 잘된 일이다. 하지만 즉시 더 깊은 단계로 내려가 바로 그 다음 줄에서 그 질문에 답을 해주어야 한다.

"내가 인생에서 꼭 해야 할 일은 무엇인가?"라는 질문에 나는 건포도 빵 세 개를 먹고, 하늘색을 기억하고, 세상에서 가장 뛰어난 작가가 되는 것이라고 대답한다. "왜 어젯밤 그렇게 이상한 기분이 들었을까?" 왜냐하면 저녁에 비둘기 요리를 먹고 발에 맞지 않는 구두를 신고 불행했기 때문이다. "저 바람은 어디서 불어오는가?" 저 바람은 크로와 강 개척자들의 추억에서부터 불어온다. 사하라 사막처럼 아주 멀리 떨어져 있는 땅을 사랑하기 때문이다.

'혹시 내가 만든 질문에 답을 못 하면 어쩌나?' 하는 두려움은 떨쳐버려라. 글쓰기는 안개에 싸여 있는 마음에 불을 지피는 행위이다. 종이 위에 안개를 옮겨 놓지 말라. 설사 확실하지 않을 때라도 자신이 그것을 알고 있는 것처럼 표현하라. 이런 훈련은, 문장을 훨씬 힘차고 생동감 있게 만들어줄 것이다.

카
페
에
서
글을
쓰
는
일
。

글을 쓸 작정으로 카페에 들어간다면 당신은 먼저 인간관계부터 만들어야 한다. 나는 사실 배가 고프지 않을 때도 음식을 주문하고 그 음식을 먹은 다음 노트를 꺼냈다. 때로는 마지막 한 시간을 채우기 위해 양파 튀김이나 시금치 샐러드 등을 더 주문하기도 한다. 만약 커피를 다 마시고도 더 오래 앉아 있어야 한다면 주인이 알아서 커피를 다시 채워 주리라는 기대는 품지 않는다.

그리고 식당이 붐비는 점심이나 저녁 식사 시간에는 가지 않는다. 가장 바쁜 시간이 끝나 갈 즈음 찾아가야 종업원들에게 대접을 받을 수 있다. 왜냐하면 조금 전까지 일로 지쳐 있는 데에다가, 당신이 많이 시키지도 않고 급하게 음식을 대접할 필요

뼛속까지 내려가서 써라

도 없는 사람임을 종업원들도 직감하기 때문이다.

카페에서 글을 쓰는 나의 방식이, 모르는 사람 눈에는 돈이 많이 들어가는 호사스러운 것으로 생각될지도 모른다. 하지만 처음에만 그럴 뿐이다. 처음 안면을 트는 시기가 지나면 다음부터는 한결 쉽게 주기적인 일상으로 만들 수 있다. "어머, 작가 선생님! 요즘 글 잘 되세요? 커피 다시 채워 드릴까요?"

내가 미네아폴리스에 살고 있을 때, 한 친구로부터 전화가 걸려왔다.

"얼마 전에 개업한 식당이 있어. 우리 거기서 저녁 먹으면서 글을 쓰자."

그 식당을 찾아간 나는 글쓰기 좋은 장소를 선별하는 것도 하나의 기술이라는 사실을 깨달았다. 이 신장 개업한 식당은 완전히 부적격이었다. 무엇보다 지나치게 화려한 장식과 격식을 차린 종업원의 서빙 그리고 예술 작품 같은 접시가 부담스러웠다. 그 식당은 어디까지나 자기들이 만든 음식을 먹어 줄 손님을 원하지, 우리처럼 순백색 리넨 식탁보에 기대어 위대한 문학 작품을 쓰겠다는 손님을 원하지 않는다.

나는 맥도널드 같은 체인점보다는 독자적으로 운영하는 개인 식당을 더 좋아한다. 사실 체인점은 사방이 플라스틱 천지여서 운이 나쁘면 아주 불편한 자리에 앉기 십상이다. 당신도 모든 것이 효율성이라는 이름 아래 핑핑 돌아가는 경직된 공간이 아니라 인간적인 분위기를 누릴 수 있는 장소를 원할 것이다.

하지만 왜 이렇게 성가신 일을 스스로 만드는 것일까? 그냥 집에 앉아서 글을 쓰면 훨씬 편할 텐데 말이다. 이것은 내가 쓰는 하나의 속임수, 이따금씩 풍경에 변화를 주겠다는 전략 때문이다. 집에 있으면 전화도 받아야 되고, 냉장고에 들어 있는 맛있는 음식을 먹고 싶다는 유혹도 있고, 설거지도 해야 하고, 샤워도 하고 싶어지고, 우체부와 상대도 해야 한다. 이런 집에서 도망을 치겠다는 구실을 만드는 것이다. 그리고 카페에서 글을 쓰겠다고 마음을 먹으면 집에서 작업을 했을 때보다 더 빨리 무언가를 만들어 내야겠다는 결심을 하게 된다.

그러고 보면 마음이야말로 얼마나 변덕쟁이인가. 나는 글을 쓰려고 할 때마다 이 작업보다 훨씬 재미있는 일들이 백 가지도 넘게 나를 유혹하는 것을 느낀다.

한번은 미네소타 주 북부에 있는 오두막에서 일주일 동안 지낸 일이 있었다. 이틀째 되는 날, 나는 단편을 쓰기 위해 막 타자기 앞에 앉았다. 그 순간, 내 눈 속으로 사시나무와 사탕나무 잎사귀가 반짝이고 백일초가 피어 있는 늦은 유월의 정원이 들어왔다. 티 없이 파란 하늘까지도. 갑자기 나는 수영복으로 갈아입고 오두막에서 오백 미터도 더 멀리 떨어져 있는 호수에 발을 담그고 있었다. 그리고 막 다이빙을 하려는 찰라! 나는 정신을 차렸다. "나탈리, 여기서 뭐 하는 거야? 넌 단편 석 장을 다 채우려고 앉았잖아!" 다행인지 불행인지 나는 대개 마음이 아주 멀리 달아나기 전에는 정신을 차리는 편이다.

뼛속까지 내려가서 써라

마음은 항상 일과 집중력에 대해 저항하려 든다. 한동안 나는 글을 쓰려고 할 때마다 마음이 하얗게 텅 비어서 창문 밖만 멍하니 바라보면서 모든 것과 하나가 되고 싶은 사랑을 느낀 적도 있었다. 글을 쓰는 대신 내내 이런 상태로 멍하니 앉아서 시간을 보냈다. 그때 나는 이렇게 생각했다. "그래, 나의 의식이 점점 개화되고 있는 거야! 이것이 글쓰기보다 훨씬 중요하며, 또 글쓰기의 목적이 바로 이거 아니겠어!"

나중에 이런 상태에서 빠져 나왔을 때 나는 카타기리 선생에게 내가 보낸 시간에 대해서 말했다. 그는 이렇게 대꾸했다.

"오, 그건 그냥 게으름일 뿐입니다. 어서 가서 일하세요."

이유를 콕 집어 설명하긴 어렵지만, 카페에서 작업하는 것은 집중력을 높이는 효과가 있다. 카페의 번잡스러운 환경은 글을 쓰겠다는 충동을 감소시키기는커녕 중추신경을 계속 바쁘게 움직이도록 만들어, 결과적으로 당신이 집중하고 있는 더 깊고 고요한 부분이 자유롭게 흘러나오도록 유도한다. 모차르트가 작곡을 할 때 아내에게 이야기 책을 읽게 한 것도 같은 이유가 아니었을까.

파리에 갔을 때 발길 닿는 곳마다 카페가 많다는 사실에 나는 무척 놀랐다. 그곳의 카페를 보면서 손님을 서두르게 만드는 불친절한 미국 카페에 대해 다시 생각하게 되었다. 파리에서는 아침 여덟 시에 커피 한 잔을 시켜 놓고 오후 세 시까지 느긋하게 커피를 홀짝여도 아무런 눈총을 받지 않았다. 헤밍웨이는

《파리는 날마다 축제^A Moveable Feast^》에서, 자신이 앉은 테이블에서 얼마 떨어지지 않은 곳에 제임스 조이스가 있었다며, 카페에서 글을 쓰는 광경이 파리에서는 얼마나 일반적인가에 대해 적고 있다.

지난 유월 파리에 갔을 때도 나는 많은 미국 작가들이 점점 비애국자로 변절해 간 이유를 절감했다. 파리에서는 길 하나마다 카페가 적어도 다섯 개씩은 있었고, 이 카페들은 모두 손님이 글을 쓸 수 있다는 사실을 염두에 두고 있으며 글 쓰는 행위를 자연스럽게 받아들이고 있었다.

미국의 경우는 다르다. 미국인들은 누군가 자기 가게에서 글을 쓰는 것을 달가워하지 않는다. 서류를 작성하거나 금전출납부를 기록하는 것을 제외하고는 글쓰기 자체를 아주 해괴한 일처럼 여긴다. 물론 아주 드물게 글 쓰는 손님을 동경하는 눈으로 몰래 훔쳐보는 이들도 있지만, 대부분은 나 몰라라 하고 손님에게 신경을 쓰지 않는다. 미국이라는 내용물에는 글쓰기가 자연스러운 구성 요소가 아닌 것이다. 하지만 미국의 이러한 전반적인 분위기를 장점으로 이용할 수도 있다. 많은 사람들이 있기 때문에 오히려 당신은 혼자가 될 수 있다.

나의 경우 몇 번의 예외가 있긴 했다. 미네소타 주 힐 시티에 있는 레인보우 카페에서 벌어진 광경이 떠오른다. 오후였고, 수영을 하고 있던 십대 소년 하나가 글을 쓰고 있는 나를 향해 고함을 버럭 질렀다.

"이봐요, 아줌마! 정말 글을 빨리 쓰시네요. 만약 내일도 이곳에 오신다면 마을 전체가 당신을 보러 이 카페로 몰려올지도 몰라요."

여러분은 무슨 말을 듣더라도 항상 웃고, 반응해 주고, 친구처럼 대해 주길 바란다.

작업실에 대하여.

글을 쓸 공간을 구할 생각이라면, 그야말로 방 하나만 구하도록 하라. 대단한 공사를 해서 뜯어 고칠 생각일랑 하지 말라. 비가 새지 않고, 창이 하나 있고, 난방만 된다면 그만이다. 책상과 선반, 푹신한 의자 하나만 들여놓으면 당장이라도 글을 쓸 수 있을 것이다.

많은 사람들이 벽을 새로 칠하고, 그 다음에는 벽에 걸 장식을 사고, 특제 맞춤 책상과 높낮이가 조절되는 의자를 사고, 호두밤나무로 선반을 짜야 한다면서 목수를 부르고, 최고급 스탠드를 구하기 위해 쇼핑을 해야 한다고 생각한다. 이들의 이야기는 하나같이 똑같다. "무엇보다도 여기는 나만의 특별한 방이니까."

구실은 좋다. 하지만 이것이 도리어 글쓰기를 꺼리게 만드는 이유가 되어 버린다. 거의 완벽에 가까운 공간을 만들어 놓고서도 작업을 하지 못하는 친구를 여럿 보아 왔다. 나는 차라리 부엌 식탁에 앉아서 글 쓰는 것이 훨씬 편하다고 생각한다. 글 쓰는 작업 자체가 우리의 불완전성을 자꾸 들추어내는 일인데, 더 이상 손 볼 데가 없을 정도로 아름다운 공간에 앉아서 이 사실을 애써 잊으려 하는 것은 아주 우스꽝스러운 일이다.

우리는 자신과 침묵만이 거주하는 정돈된 방을 만들었지만 금새 시끄럽고 어수선한 카페에 앉아 글 쓰는 것을 그리워하게 된다. 아름다운 꽃들이 질서 정연하게 피어 있는 정원을 만들어 놓고도, 여기저기 나무들이 쓰러져 있고 날벌레가 날아다니는 야성의 숲에 있기를 바란다.

그러므로 우리가 일하는 작업실에 설령 책이 아무렇게나 뒹굴고, 찻잔에는 시꺼멓게 변색된 커피가 반쯤 남아 있고, 흐트러진 원고들과 답장을 쓰지 못한 편지 더미와 비스킷 봉지와 초침이 박살 난 시계가 바닥에 떨어져 있더라도 창피하게 생각하지 말라. 글 쓰는 이의 방은 이런 모습이 훨씬 자연스럽다.

선승들은 '작가의 방은 곧 그 작가의 마음 상태를 반영한다.'라고 말한다. 어떤 이들은 공간이 남는 것이 두려워 모든 구석을 꽉꽉 채워 놓는다. 그것은 우리 마음이 공허를 두려워하기 때문에 끊임없이 사유와 드라마를 만들어 내려는 사실을 그대로 반영한다.

하지만 나는 글쓰기 공간은 달라야 한다고 생각한다. 나는 오히려 약간 지저분하고 정리되어 있지 않은 공간을 볼 때 그 공간의 주인인 작가는 아주 비옥하고 힘 있는 마음을 가지고 있다고 생각한다. 반대로 완벽하게 꾸며 놓은 작업실에 갈 때마다, 나는 어김없이 그 곳의 주인은 자신의 마음을 두려워하기 때문에 내적 조절력의 필요성을 외적 환경으로 강요하고 있다는 느낌을 받는다. 그들은 자기의 창조성이 완전히 그 반대편, 즉 조절력을 포기하는 데에서 나오는 것임을 모르는 것이다.

하지만 이 모든 것을 제쳐두고, 내가 지난 주 뉴멕시코에서 만났던 메리델 르 수에르Meridel Le Sueur라는 작가의 이야기를 들어보자.

그녀는 여든 살이라는 나이에도 불구하고 몇 편의 장편소설과 단편 그리고 시집을 내놓으며 왕성하게 활동하고 있다. 하지만 그녀에게는 작업실은 고사하고 집도 없다. 대신 사람들을 방문하고, 거기가 어디든지 자기가 있는 그 자리에서 글을 쓴다. 그녀는 얼마 전까지 캘리포니아에 있는 딸의 집에 머물다가 요즘은 타오스에 있는 친구들 집을 방문하는 중이라고 했다. 물론 글쓰기는 멈추지 않는다. 그녀는 나에게 타오스에 가면 삼십 달러로 구식 수동 타자기를 구할 수 있는지 물었다. 그녀는 이렇게 구한 타자기를 언제나 그랬듯이 다시 팔아 버린다. 다음 목적지로 떠날 때에 쓸데없는 짐을 만들지 않겠다는 것이다. 그녀에게는 모든 장소가 글을 쓰는 작업실인 셈이다.

성, 그 거창한 주제에 관하여.

당신도 때로는 '사랑과 성性' 같은 거창한 주제를 다루고 싶다는 충동을 느낄 것이다. 하지만 이런 거창한 주제는 자칫하면 사변적이고 추상적으로 변질되거나 진부한 장문으로 이어져 결국에는 처음에 하고자 했던 말과 멀어지는 경우가 많다.

"아, 그래. 에로티시즘에 대해 써 보는 거야. 이런 이야기를 쓰려면 성적 본능을 구체적 행동과 관련지어서……." 하지만 이러한 초조함으로 작품을 시작하게 되면 자신이 진짜 하려는 말을 어떻게 풀어 나가야 하는지 길을 잃거나, 과연 목적지에 닿을 수 있을지 회의를 품게 된다. 그러니 우리는 먼저 긴장을 풀어야 한다.

언제나 자신에서부터 시작해서, 그 시작이 자신을 이끌어가

뼛속까지 내려가서 써라

도록 해야 한다. 에로티시즘에 대해 자신이 없고 불안하다면 방을 둘러보라. 아주 작고 구체적인 것에서 시작해 보는 것이다. 예를 들면 접시 위에 놓인 찻잔, 썰어 놓은 얇은 사과 한 쪽, 당신의 빨간 입술에 달라붙은 오레오 쿠키 부스러기도 괜찮다. 때로는 대답에서부터 멀리 떨어진 곳에서 시작해서 거꾸로 돌아오는 방법을 사용할 수도 있다.

글쓰기는 발견의 기록이다. 당신은 자신이 쓰고자 하는 화제에 대한 사전적 정의가 아니라, 당신과 그 화제와의 관계를 발견하기를 원한다.

글쓰기 워크숍을 마친 한 학생이 '나는 어디서 왔는가?'라는 제목으로 글을 발표했다. 그녀는 최근에 산부인과 병동에 있는 친구를 방문한 일로 글을 시작했다. 병원에 대한 세부 묘사와, 남편과 아내에 대해 그리고 신생아를 어떻게 받아내는지에 대해 썼다. 병동 안의 여러 모습이 묘사되는 동안에도, 우리는 그녀가 맨 처음 던졌던 그 질문을 속으로 계속 읊조리고 있음을 느낄 수 있었다. 산타페에서 칠면조 요리를 먹는 장면에서 그녀는 브룩클린으로 장소를 이동시켜, 자신이 태어났던 때와 자신의 어머니를 번갈아 다루기도 했다. 언제나 한 주제만을 계속 공격할 수는 없는 법이다. 때로는 다시 돌아오기 위해 그 자리를 떠나야 한다.

카타기리 선사는 부부에 대해서 '그들은 마주보고 걷는 사이가 아니라 나란히 옆에 서서 걸어가는 사이다.'라는 정의를 내렸다. 이것이 바로 우리가 주제를 향해 접근해야 하는 방식이다. 즉, 머리를 바짝 처든 공격적인 태도가 아니라 비스듬히 서서 춤을 추는 것이어야 한다. 성애性愛의 감정을 간직한 채 지금 먹고 있는 멜론의 느낌을 표현한다면, 성애와 연관된 단어를 직접적으로 언급하지 않고서도 독자에게 성적인 것을 느끼게 해줄 수 있다.

하지만 그렇다고 해서 이 말이 에로티시즘에 대한 글을 쓰려고 할 때 노골적인 묘사를 해서는 안 된다는 뜻은 아니다. 단지 지금 당장 옷을 벗고 물속으로 뛰어든다면, 너무 차가운 물에 놀란 나머지 다시 물 밖으로 나오게 될지도 모른다는 뜻이다.

맞은편 해안에 있는 목적지인 에로티시즘에 도달하려면, 천천히 옷을 벗어야 하며 끈기있게 강을 헤엄쳐 건너야 한다. 헤엄을 치면서 셔츠와 바지를 하나씩 벗기 시작한다면 맞은편에 있는 목적지에 닿았을 무렵에는 완전히 벌거벗을 수 있게 될 것이다. 그래서 당신이 원했던 노골적인 성애를 표현하면서도 자신이 쓴 그 광경에 스스로 겁을 먹거나 당황하지 않게 될 것이다.

자, 여기까지 오는 데에 많은 시간이 걸렸다. 이제 당신은 맞은편 단단한 땅에 서 있다. 우리는 당신이 헤엄쳐 가는 동안 옆에서 같이 헤엄을 치고 있었다. 우리는 당신이 하고자 하는 말이 무엇이든지 기꺼이 들을 준비가 되어 있다. 이제 당신은 좀더 과감하게 나아가도 좋다.

뼛속까지 내려가서 써라

또한 거창한 주제를 다른 시각으로 보려는 노력도 기울여야 한다. 당신이 다루려는 주제 속에 들어 있는 작은 편린들을 들여다보라. '에로티시즘'이라는 단어를 다루기가 벅차다면, 이렇게 질문해 보라.

- 무엇이 당신의 몸을 뜨겁게 만드는가?
- 섹스를 연상시키는 과일의 이름을 아는 대로 적어 보라.
- 당신이 사랑에 빠졌을 때 먹는 음식은 무엇인가?
- 당신의 신체 중에서 가장 성적인 곳은 어디인가?
- 당신이 맨 처음 성애를 느꼈던 기억은?

혹시 성적 경험이 부족해서 성에 대해 잘 모르는 사람이라 할지라도, 마치 지금 애인과 사랑을 나누고 있는 것처럼 글을 써 보라. 단 십 분간이다. 위에 있는 것들 중에서 하나를 골라 써보라. 계속 써라. 손을 멈추지 말라. 수정이나 삭제, 첨가도 하지 말라.

자신이 사는 마을을 순례하라.

작가는 다른 사람들이 관심을 기울이지 않는 것에 관심을 갖는 사람이다. 예를 들면, 혀에 돋은 헛바늘, 팔꿈치의 굳은살, 새는 수도꼭지에서 흘러나오는 물, 뉴욕 시의 수많은 쓰레기 트럭들의 종류, 시골 마을에 버려진 낡은 자주빛 전광판 등등. 작가의 임무는 평범한 사람들을 살아 있게 만들고, 우리가 평범하면서도 특별한 존재라는 사실을 일깨워 주는 것이다.

어떤 한 장소에 오래 살게 되면 그 장소에 대한 감각이 점점 둔해지게 마련이다. 자신의 주변을 둘러싸고 있는 것이 무엇인지 별다른 관심을 기울이지 않게 되는 것이다. 거꾸로 바로 이런 이유 때문에 낯선 곳으로의 여행은 항상 흥미롭다. 새로운 장소는 이전과는 완전히 다른, 신선한 방식으로 모든 것을 새롭

뼛속까지 내려가서 써라

게 보게 해준다.

미국의 중서부 지역에 살다가 난생 처음 뉴욕에 온 여성 작가가 있었다. 그녀는 고향에 돌아온 후 뉴욕을 구경하는 관광객의 눈으로 자신의 고향 마을을 다시 보게 되었다고 한다. 그리고 자신의 인생도 전과는 다른 눈으로 보게 되었다.

내가 산타페로 이사를 왔을 때 근처 식당에서 시간제 요리사로 일한 적이 있다. 점심 식사 준비를 위해 일요일 아침에도 여섯 시에 일어나야 하는 내 운명이 한탄스럽기만 했다. 아침 여덟 시, 나는 마구 섞여 있는 오렌지와 당근 중에서 당근만을 골라내어 대각선으로 자르느라 정신이 없었다. 그러다가 문득 이런 생각이 들었다. '그래, 아주아주 깊구나!' 무슨 말이냐 하면 내가 당근을 깊이 사랑하게 되었다는 말이다. '그래, 내가 이렇게 되어 가는구나! 아주 작은 일에도 만족감을 느끼고 있어.'

평범한 것에 대해 글을 쓰는 것을 배우라. 오래된 커피 잔, 참새, 도시버스, 얇은 햄 샌드위치에 존경을 표해 보라. 당신이 평범하다고 생각하는 모든 것들을 목록으로 만들어 보라. 계속 그 목록을 늘려가라. 그리고 이 세상을 떠나기 전 글의 형태와 장르에 상관없이 이 목록에 들어 있는 것들을 단 한 번이라도 언급하겠다고 스스로에게 약속하라.

쓰라, 그냥 쓰라, 그냥 쓰기만 하라.

아이들이 빈 시리얼 상자를 흔들어댄다. 당신의 지갑 속에는 일 달러 이십오 센트만 남아 있다. 남편은 구두가 안 보인다고 불평이다. 자동차는 시동이 걸리지 않고, 당신은 채워지지 않는 백일몽 같은 인생을 살고 있다는 자책감에 시달린다. 세상은 원자 폭탄의 위협을 받고, 환경오염으로 세계 곳곳에서 기상이변이 일어나고, 바깥은 영하 십 도이고, 코는 자꾸 막혀 오는데 당신에게는 저녁 식탁에 올릴 음식을 살 돈도 없다. 발이 퉁퉁 붓고, 치과의사와 진료 약속을 해야 하고, 개는 바깥으로 나가자고 성화이고, 냉동실에 들어 있는 닭을 꺼내 해동시켜야 하고, 보스턴에 있는 사촌에게 전화도 걸어야 하고, 백내장 수술을 받을 어머니도 걱정스럽고, 슈퍼마켓에서는 참치 통조림을 세일하고 있고, 당신은 일감이 나타나기를 기다리고 있고, 방금 구입한 컴퓨터를 풀고 설치도 해야 한다. 또 당신은 오늘부터 도넛은 끊어 버리고 양상추를 먹기 시작해야 한다. 제일 아끼던 만년필은 온데간데없이 보이지 않고, 고양이 새끼는 최근에 쓴 습작 노트를 발기발기 찢고 있다.

그래도 또 다른 노트를 꺼내, 다른 만년필을 잡고 쓰라. 그냥 쓰고, 또 쓰라. 세상의 한복판으로 긍정의 발걸음을 다시 한 번 떼어 놓아라. 혼돈에 빠진 인생의 한복판에 분명한 행동 하나를 만드는 것이다. 그렇다, 그냥 쓰라. "그래, 좋아!"라고 외치고, 정신을 흔들어 깨우라. 살아 있으라. 쓰라, 그냥 쓰라, 그냥 쓰기만 하라.

결국 세상에 완벽한 것은 없다. 진정 글을 쓰고 싶다면 모든 것을 잘라내고 쓸 수밖에 없다. 글을 쓰기 좋은 완벽한 환경도, 습작 노트도, 펜도, 책상도 없다면, 자신을 유연하게 훈련시킬 수밖에 없다. 아무리 낯선 환경 속에서도, 완전히 다른 장소에서도, 글쓰기 훈련은 계속되어야 한다. 기차 안에서, 버스 안에서, 허름한 부엌 식탁에서, 기댈 것이라고는 나무 둥치만 있는 숲속에서, 혼자 흐르는 개울물에 발을 담근 채, 사막의 바위 위에 앉아서, 당신 집 앞 모퉁이에 서서, 현관에서, 자동차 뒷좌석에서, 서재에서, 점심 먹는 계산대에서, 복도에서, 실업자 고용 사무실에서, 치과 대기실에서, 공항에서, 텍사스에서, 캔자스에서, 과테말라에서, 콜라를 홀짝이는 동안에도, 담배를 피우는 동안에도, 베이컨과 양상추와 토마토가 들어 있는 샌드위치를 먹는 중간중간에도 당신은 글을 써야 한다.

최근 뉴 오를렌스에 갔다가 우연히 그 근처의 공동묘지에 들렀던 적이 있다. 태양은 아주 뜨거웠다. 나는 노트를 꺼냈고, 시멘트 묘비 그늘에 기대어 글을 쓰기 시작했다. 한 시간이 지나 고개를 들어 보았다. 그리고 생각했다. "완벽해!" 내가 말한 완벽함이란 물론 물리적 시설이 완벽하다는 뜻이 아니다.

우리가 글쓰기에 열중해 있다면 장소 따위는 전혀 문제가 되지 않는다. 글쓰기에 빠져 있는 것 자체로 충분히 완벽한 것이다. 여기에 바로 우리가 어떤 장소에서든 글을 쓸 수 있다는 사실을 알게 해 주는 위대한 자율성과 안전성이 있다. 진정 글을 쓰고자 갈망한다면, 결국 당신은 환경이 문제가 되지 않는 길을 찾아내게 될 것이다.

충분하다고 느낄 때
한 번 더.

글쓰기에서 자신이 해야 할 말을 다 했다고 생각될 때, 조금만 더 자신을 밀고 나가 보라. 당신이 종점이라고 생각하는 곳이 사실은 초입에 들어선 것에 불과할지도 모르기 때문이다. 항상 끝까지 도달했다고 생각하고 멈추었던 곳에서 조금 더 멀리 나갔을 때, 당신은 제어할 수 없는 아주 강한 감정과 만나게 될 것이다.

암으로 어머니를 떠나보낸 여학생이 떠오른다. 그녀는 어머니의 죽음에 대한 산문을 한 페이지가량 써 나가다가 항상 같은 지점에서 글을 멈추곤 했다. 그녀가 글들을 발표할 때마다 항상 나는 거기에는 무엇인가 더 있을 것이라는 느낌을 받았다. 나는 그 학생에게 내 느낌을 말해 주었다. 그녀는 미소를 지으며 "그

래요, 제한된 십 분 동안 글을 쓴다는 것이 문제였죠."라고 대답
했다.

필요하다면 시간 제한을 무시하고 적어 내려가야 한다. 물론
그렇게 하려면 자기통제를 포기해야만 하는 정말 두려운 요구
가 뒤따른다. 하지만 분명히 약속하건데, 당신에게는 충분히 그
반대편을 뚫고 올라가 나중에는 노래를 부르며 빠져나올 능력
이 있다. 물론 노래를 부르기 전에 울음을 터트릴지도 모르지
만. 우는 것도 좋은 일이다. 그저 당신의 느낌이 가는 대로 계속
글을 쓰는 것만은 잊지 말라. 매우 드문 일이긴 하지만, 나는 최
고의 글을 쓰고 있을 때 가슴이 미어지는 것을 느낀다.

당신이 글을 밀고 나가 그저 적당한 종점에서 끝맺으려고 한
다면, 그 글에는 당신의 진정한 숨결이 배어날 수 없다. 글쓰기
는 자유를 향해 헤엄칠 수 있는 위대한 기회이다. 그 기회를 놓
치지 말라.

심지어 당신이 자신을 충분히 밀고 나갔고 철저하게 자아가
깨졌다고 느낄 때조차도, 조금만 더 앞으로 밀고 나가라. 중간에
서 멈추지 말라. 이 순간은 다시는 같은 방식으로 돌아오지 않
는다. 그러니 나중으로 미룬다면, 지금 작품을 끝내는 것보다 훨
씬 더 많은 시간과 노력을 기울여야 한다. 이것은 순전히 내 경
험에서 우러나온 충고이다. 당신이 할 수 있다고 생각하는 것보
다 언제나 더 멀리, 계속, 밀고 나가야 한다.

뼛속까지 내려가서 써라

삶을 사랑하라。

여기는 그리스의 어느 섬이다. 새파란 에게해와 해변의 싸구려 여관들. 나는 알몸으로 헤엄도 치고, 대나무 가구가 있는 작은 선술집에서 포도주를 홀짝거리며 문어 맛을 보고, 황홀한 석양을 바라본다.

　나는 서른여섯 살이고, 나와 같이 온 친구는 서른아홉이다. 우리들 모두 이번이 첫 유럽 여행이다. 우리는 모든 것을 느껴 보겠다고 결심하지만 사실은 절반밖에 느끼지 못하고 있다. 왜냐하면 우리는 항상 바쁘고, 항상 입을 나불거리고 있기 때문이다.

　나는 친구에게 내가 여섯 살 때 분홍색 발레복을 입고 처음으로 무대에 섰던 이야기를 들려 준다. 맨 앞줄에 앉은 아버지는 공연 내내 훌쩍이셨다. 친구는 남편 이야기를 한다. 그는 네브라스카 주에 있는 어느 천주교 학교를 다닐 때 교내 연극에서 주연을 맡았는데, 정작 공연 당일에 지각을 하는 바람에 수녀들은 그가 나타날 때까지 전교생들을 무릎 꿇리고 기도하게 만들었다.

나는 결국 혼자 있어야 할 필요를 절감한다. 산책을 한 다음 글을 쓰고 싶은 것이다. 모든 사람에게는 인생에 대한 커다란 두려움이 하나씩 있다. 나의 두려움은 고독이다. 우리에게 두려움이 중요한 이유는 자신의 꿈에 도달하기 위해서는 이 두려움을 극복해야만 하기 때문이다.

나는 작가이다. 작가는 많은 시간을 홀로 글을 쓰는 데에 보낸다. 또한 사회라는 틀 속에서 예술가로 살아가야 한다는 사실이 우리를 더욱 외롭게 만들기도 한다. 모두가 아침이면 일터로 향하거나 각자의 일을 하기 위해 분주하다. 예술가는 제도가 만들어 낸 사회의 바깥에서 살고 있다.

나는 언제나 나의 한계를 넘어 계속 밀어붙이고 싶다. 그래서 그날 하루를 혼자서 외롭게 보내기로 결정한다. 정오, 아주 뜨겁다. 이곳에서는 한낮이면 모든 가게가 문을 닫는다. 나는 해변으로 나가지도 않는다. 갑자기 내가 무얼 하고 있는 것인지 멍한 기분이 든다. 내가 방향을 잃고 자신에 대한 확신이 없어질 때마다 인생 전체가 의문으로 빠져드는 기분을 느낀다. 이런 건 아주 고통스럽다.

뼛속까지 내려가서 써라

이 기분을 잘라 내기 위해, 나는 자신에게 말한다. "나탈리, 너는 글을 쓸 계획이었어. 당장 써야 해. 멍청이라고 해도 좋고, 외로워도 좋아." 그래서 나는 다시 시작한다. 나는 가까이 보이는 교회, 항구에 정박한 보트 또는 내가 앉아 있는 카페에 대해서 쓴다. 이것은 결코 재미있는 일이 아니다. 친구가 언제 돌아올지도 걱정된다. 다섯 시가 되었는데도 그녀는 아직 돌아오지 않는다.

나는 그리스어를 전혀 모른다. 나는 완벽한 외톨이이며, 주변 환경에 대해 점점 더 신경이 날카로워지고 있다. 옆 식탁에는 네 사람의 노인이 식탁에 쌓아 둔 초록색 콩 껍질을 까고 있다. 바다를 바라보고 앉은 노인 하나가 자기 왼편에 있는 노인에게 무어라 시비를 건다. 선창으로 고개를 돌리면, 검은 옷을 입은 노파가 허리를 굽히고 긴 스타킹을 끌어올리는 모습이 보인다. 나는 해변으로 나가 어슬렁거리다가 백사장에 앉아 《아프리카의 푸른 언덕Green Wills of Africa》을 읽기 시작한다. 해가 지고 있다. 갓 잡은 싱싱한 참치를 팔고 있는 선술집이 보인다. 나는 내가 있는 환경과 접촉을 시도해 보기로 한다. 친구가 몹시 보고 싶지만, 이런 약하고 겁에 질린 마음을 모래와 하늘, 바다를 벗삼아 물리친다. 나는 해안가를 따라 다시 걷는다.

파리 거리를 걷고 있을 때 내 친구는 길을 잃어버릴지도 모른다는 공포에 질려 있었다. 나로 말하면, 길 잃는 것 따위는 겁내지 않는 사람이다. 설령 길을 잃는다 해도, 그것도 괜찮다고 생각한다. 나는 심지어 아무 목적 없이 이 골목 저 골목을 쏘다니거나, 현재 위치가 어딘지 모른 채 여기저기 방황하는 것을 즐기는 편이다.

나는 외로움이라는 들판 속을 헤매며 그것을 즐기는 법을 배울 필요도 있다고 생각한다. 나는 외로움이 나를 물어뜯으려고 덤빈다 해도, 두려움에 갇혀 버리거나 존재론적 무의미로 회피하는 어리석은 짓은 하지 않는다. 다만 지도를 꺼내 내가 가야 할 길을 확인할 뿐이다. "왜 나는 작가가 되어야만 하는가?" 모든 것을 향해 이 질문을 던지며, 나는 나 자신을 심연 속으로 밀어 넣는다.

우리가 글을 쓸 때도 마찬가지이다. 하얀 종이는 앞에 있는데 마음은 불확실하고, 사고는 연약하기만 하고, 감각은 무디고 둔하다. 하지만 바로 여기서부터 시작해야 한다. 이렇게 조절력을 잃어버린 글쓰기, 결과물이 어디에서 나올지 확실치 않은 글쓰기는 무지와 암흑 속에서 시작된다. 하지만 이것과 정면으로 부딪칠 때, 이러한 무지와 암흑의 장소에서 출발한 글쓰기가 결국에는 우리를 깨우쳐 주며, 있는 그대로의 세계를 향해 나아가게 만든다. 이런 두려움의 회오리바람에서부터 진정한 천재의 목소리가 탄생하는 것이다.

파리에 머무는 동안, 나는 헨리 밀러의《북회귀선》을 읽었다. 마지막 두 번째 장에서 밀러는 프랑스 디옹에 있는 어떤 학교에 대한 강한 반감을 나타낸다. 바로 주인공이 영어를 가르치던 학교, 졸업생을 치과의사나 엔지니어로 진출시키는 학교, 죽은 조각상들이 있고 겨울이면 뼛속까지 파고드는 추위가 닥치고 마을 전체가 진흙탕으로 변하는 그곳에 자신이 있어야 한다는 사실에 매우 격분한다. 그런 다음 바로 같은 장 마지막 부분에서, 그는 아주 깊은 밤 완벽한 고요에 젖어 있는 대학 정문을 바라보며 자신의 현재를 있게 만든 그 순간에 완전히 승복하는 장면을 묘사한다. 그는 선과 악은 존재하지 않으며 그저 살아 있을 뿐이라는 사실을 깨닫는다.

'인간은 고통을 안고 산다.'라는 사실에서부터 글쓰기를 시작하라. 결국에는 너무나 보잘것없고 어둠 속에서 헤매고 있는 우리들의 인생에 대해 연민을 느끼게 될 것이다. 그리고 이런 연민의 감정은, 우리로 하여금 발 아래 깔린 시멘트와 혹독한 폭풍에 짓이겨진 마른 풀들마저도 다정스레 바라보게 한다. 예전에는 추하게 생각했던 주변의 사물들을 이제는 손으로 만지게 되고, 사물의 세부를 있는 그대로 보아도 거부감을 느끼지 않게 된다. 그 사물이 여기 있다는 사실, 우리 인생을 싸고 있는 일부라는 사실을 있는 그대로 보게 된다. 그리고 이런 인생을 사랑하게 된다. 바로 이것이 우리의 인생이고, 지금 이 순간의 인생보다 더 좋은 것은 없다.

의심이라는 생쥐에게
갉아 먹히지 말라.

노랫말도 쓰고 곡도 만들던 한 친구가 음반 사업에 뛰어들겠다며 로스엔젤레스로 떠날 계획을 세우고 있었다. 카타기리 선사가 그에게 말했다.

"정말 떠날 결심이라면, 당신이 어떤 자세로 임하는가가 중요합니다."

"물론 저는 최선을 다할 것입니다. 힘이 든다는 것쯤은 각오하고 있습니다. 하지만 혹시 잘 풀리지 않으면, 그냥 나한테는 안 맞는 일이라고 생각하고 있는 그대로 받아들일 겁니다."

카타기리가 대답했다.

"그건 잘못된 태도입니다. 만약 그곳 사람들이 당신을 쓰러뜨린다면 당신은 일어나야 합니다. 그들이 또 다시 당신을 쓰러

뼛속까지 내려가서 써라

뜨린다 해도 다시 일어나야 합니다. 얼마나 많이 쓰러지든, 당신은 다시 일어나야 합니다. 그것만이 당신이 해야 할 일입니다.”

글쓰기에서도 같은 진실이 통한다. 지금 세상에 나온 책들 가운데 출판조차 못 했을 뻔한 책이 아마 수천 권도 넘을 것이다. 우리에게는 그저 계속 가야만 한다는 진실이 있을 뿐이다. 작가가 되고 싶다면, 쓰라! 설령 그 글이 출판되지 않더라도 또 다른 글을 계속해서 쓰라. 훈련은 당신의 글을 점점 더 훌륭하게 만들어줄 것이다.

두 달에 한 번씩 글쓰기를 그만두고 싶은 마음과 부딪힌다. 내면에서 이루어지는 대화는 늘 똑같다. ‘어리석은 짓이야. 돈 한푼도 벌지 못하면서 그럴싸한 경력도 쌓지 못하고 있잖아. 이제는 내 걱정을 해 주는 사람도 아무도 없어. 너무 외로워. 이런 게 싫어! 바보 같은 짓이야. 나도 다른 사람들처럼 살고 싶어.’ 이런 생각은 그 자체로 고문이다.

의심과 의혹은 고문이다. 우리가 무언가에 전적으로 매달려 심혈을 기울였다면, 그 일은 그것을 그만두어야 할 때가 언제인지도 우리에게 분명하게 알려 준다. 의심은 굽히지 않는 불굴의 정신을 끊임없이 시험하는 것이다.

나 역시 종종 의혹에 찬 목소리에 정신이 팔려 잠시 빗나가기도 한다. “세일하는 가게에나 가 볼까? 다른 작가들에게 카푸치노를 마시며 글을 쓰게 하는 카페를 열어 보는 것은 어떨까? 아니면 결혼해서 아기도 낳고 닭요리 하나만큼은 일가견을 이루는 주부로 사는 것도 좋을 텐데……."

　이런 의혹에 귀 기울이지 말라. 의혹이 이끄는 곳으로 가보았자 고통과 부정적인 마음만 만나게 될 뿐이다. 당신은 열심히 글을 쓰려고 하는데 당신 글의 문제점만 집어내는 비평가에게도 마찬가지이다.

　"정말 한심해. 그렇게 쓰면 어떡합니까? 도대체 당신이 뭐라고 생각해요? 그러면서도 작가가 되겠단 말이오?"

　비평가가 지껄이는 말에는 신경 쓸 것 없다. 거기에는 당신이 글을 쓰는 데에 도움이 될 만한 것이 하나도 없다. 대신 자신의 글쓰기를 너그럽게 받아들이라. 자신이 옳은 일을 하고 있다고 믿고 인내심과 유머 감각을 키우라. 의심이라는 생쥐에게 갉아먹히지 말라. 훈련에는 시간이 필요하다는 믿음을 잃지 말고, 저 너머에 있는 광활한 인생을 바라보라.

글을 쓰는 것 자체가 천국이다.

유대교 전통에는 소년이 처음으로 유대교의 율법서인 《토라》의 맨 첫 자를 읽으면 꿀이나 단 음식을 선물하는 풍습이 있다. 공부를 하면 단 음식을 먹게 될 것이라는 자연스러운 연결고리를 만드는 학습 유도 방법이다. 글쓰기도 당연히 이래야 한다. 처음 글쓰기를 시작할 때부터 글쓰기는 좋은 것이며 즐거운 일이라는 사실을 알게 해 주어야 한다. 글쓰기를 적이 아니라 친구로 만드는 것이다.

그리고 실제로도 글쓰기는 당신의 친구이다. 글쓰기는 절대로 당신을 버리지 않는다. 당신이 셀 수 없이 많은 글을 버릴 수는 있어도 글쓰기가 당신을 버리는 일은 절대 없다. 글쓰기 과정은 인생과 생명력의 끊임없는 자원이다. 때때로 일터에서 집으로 돌아올 때 지리멸렬하고 우울한 기분이 들면 나는 스스로에게 말한다. "나탈리, 넌 네가 해야 할 일이 무엇인지 알 거야. 너는 글을 써야 해."

만약 내가 제대로 머리가 돌아간다면, 그 말을 듣는다. 만약 자기파괴적이거나 게으름뱅이라면, 그 말을 듣지 않고 우울증에다 계속 힘을 키워갈 것이다. 내가 그 말을 들으면 나는 인생과 만날 수 있는 기회를 얻는다. 언제나 나를 유연하게 해 주었고, 참된 나 자신과 연결되어 있다는 사실을 느끼게 해 주었던 순간들과 만난다. 심지어 내가 이른 아침 자동차로 붐비는 고속도로를 묘사하고 있을 때도, 나는 그 혼잡한 도로에 대한 글 속에서 평화로움과 나에 대한 믿음을 이야기할 수 있다. "나는 인간이다. 아침이면 일어난다. 그리고 나는 고속도로 위를 달린다."

고어 비달^{Gore Vidal}은 아주 멋진 말을 남겼다. '모든 작가와 독자들은 글을 잘 쓰는 것이 그들 모두에게 최고의 여행이라는 사실을 알고 있다.'

하지만 당신은 글을 '잘' 쓰는 것에 대해서도 염려하지 말라. 그냥 글을 쓰는 것 자체가 천국이니까.

장
대
위
에
서

발
을

떼
라
。

카타기리 선사는 가끔 이런 말을 한다.

"백 미터 장대 위에서 발을 떼라."

정말 겁나는 말이 아닌가? 장대 꼭대기에 매달려 있다는 사
실만으로도 충분히 위태로운데, 이제 거기에서 발을 떼라니. 하
지만 더 나아가기를 원한다면 그 끄트머리에서 발을 떼야만 한
다. 성공적인 글을 썼다고 해서 결코 쉴 수는 없다는 뜻이다. 실
패한 글을 썼을 경우에도 마찬가지이다.

"나는 정말 좋은 글을 써냈어." 하지만 지금은 또 다른 새로
운 시간이다. 다른 것을 써야 한다. 목표를 달성했다고 해서 또
는 큰 실패를 맛보았다고 해서, 글을 쓰지 않고 이 시간을 흘려
보내는 것은 허용되지 않는다. 어떤 상황에서든 당신은 계속 앞

186   뼛속까지 내려가서 써라

으로 나아가야 한다. 이것만이 당신을 건강하게 또 살아 있게 지탱해 준다. 사실, 백 미터짜리 장대에서 발을 뗀다고 해서 꼭 떨어진다는 법은 없다. 어쩌면 당신은 하늘을 날게 될지도 모른다. 이 세상 어디에도 이것 아니면 저것이라는 이분법은 없다. 그러니 그저 계속해서 글을 쓰라.

봄이 되면 튤립은 아무 이유 없이 피어난다. 물론 당신은 과거에 튤립 구근을 심었고, 사월의 태양이 얼었던 대지를 녹인 건 사실이다. 하지만 왜? 인력引力 때문이다. 그럼 왜 인력인가? 더 이상의 이유는 없다. 그리고 왜 당신은 애초에 붉은 튤립이 피는 구근을 심었는가? 아름다움을 동경하기 때문이다. 더 이상의 이유는 없다.

만물은 아무런 이유 없이 생겨나고 또 사라져간다. 이거야말로 더 바랄 것이 없는 기가 막힌 기회이다. 당신은 언제라도 다시 새롭게 글쓰기를 시작할 수 있다. 이전의 실패는 모두 놓아버리고, 다시 자리에 앉아, 무언가 위대한 글을 쓰라. 아니면 실패한 후에 느끼는, 가슴을 짓누르는 고통에 대해서라도 쓰라.

토니 로빈스(미국의 유명한 자기개발 교육자)의 이야기가 있다. 천이백 도의 석탄 위에서 걷는 법을 가르치는 그는 사업 파트너와 재계약을 맺을 시기를 맞이했다. 과거에 재계약을 할 때마다 그 사업 파트너는 가격과 일정 등을 자신에게 유리하게 하기 위해 협상 시한을 질질 끌곤 했다. 그래서 토니는 이번 계약에서는 반드시 주도권을 쥐리라고 결심했다. 그는 물총을 사서

물을 가득 채운 다음 수천 달러짜리 정장 코트 호주머니 안에 숨겨 두었다.

호텔 건물 십 층에 있는 호화로운 회의실에서 재계약에 대한 논의가 시작되었다. 그는 그 자리에서 물총을 꺼냈다. 그리고 으리으리한 책상 맞은편에 있는 계약자를 향해 물총을 쏘았다. 계약자는 처음에는 기겁을 하더니 이내 소리를 내어 웃기 시작했다. 그는 매년 같은 가격을 놓고 싸우고 있다는 사실을 깨달은 것이다. 그러고는 펜을 꺼내 토니 로빈스가 제시하는 검은 줄 위에 서명을 했다.

모든 순간이 새로운 시간이 될 수 있다. 사업상의 자리에서 물총이 사용된 적이 한 번도 없었다고 해서 영원히 물총을 사용하지 말라는 규칙은 없다. 무언가 대단한 것을 쓰고 싶다면, 당신은 자신을 누르고 있는 것에서부터 빠져나와야 한다. 지금은 완전히 새로운 순간이니까.

뼛속까지 내려가서 써라

왜 글을 쓰는가.

'나는 왜 글을 쓰는가?' 아주 좋은 질문이다. 우리는 이따금 자신에게 물어 보아야 한다. 시간이 지나면 그 질문 안에 모든 대답이 들어 있다는 사실을 알게 될 것이다. 나는 왜 글을 쓰는가?

- 왜냐하면 나는 얼간이이니까.
- 어린 소년들에게 영향을 주고 싶으니까.
- 내가 글을 쓰면 어머니가 좋아할 테니까.
- 아버지가 나를 싫어하게 만드는 방법이니까.
- 내가 하는 말을 아무도 들어 주지 않기 때문에.
- 글을 쓰는 것이 내 진화와 발전의 시작이니까.
- 위대한 소설을 써서 백만장자가 되기 위해서.

- 신경증이 있으니까.
- 천재적인 생각을 갖고 있으니까.
- 뭔가 할 말이 있으니까.
- 할 말이 전혀 없기 때문에.

샌프란시스코 선원禪院의 베이커 선승은 "'왜'라는 것은 좋은 질문이 아닙니다."라고 말했다. 사물은 그냥 있는 것이기 때문이다. 헤밍웨이도 "'왜why'가 아니라 '무엇이what'가 더 중요하다."고 말했다. 그러니 '왜'라는 질문은 심리학자들에게나 떠넘기라. 진짜 삶의 세부적인 정보를 구하라. 당신이 글을 쓰기 원한다는 사실을 아는 것만으로도 이미 충분하다. 그러니 계속 쓰라.

하지만 '왜'라는 질문도 좋다. 마지막까지 남는 이유가 무엇인지 알아내기 위해서라기보다는, 글쓰기가 얼마나 다양한 모습으로 삶에 스며들고 있는지 볼 수 있는 눈을 키워 주기 때문이다.

한 가지 알아야 할 점은, 글쓰기가 인생을 치료하는 효과는 있을지 모르지만 글쓰기 자체가 치료술은 아니라는 점이다. 실연을 당한 사람이 초콜릿을 사랑의 대체물로 여겨 마구 먹을 수도 있다. 하지만 어느 시점이 오면 그는 자신의 이런 모습을 보고(물론 이런 자신을 깨닫는 것 자체가 행운이다.) 초콜릿 먹기를 멈추게 된다. 이와 마찬가지로, 당신은 애정 결핍 때문에 글을 쓰기 시작했다가 흐지부지 중단할 수도 있다. 글쓰기는 치료술보다 훨씬 심오하다. 그래서 당신은 고통에도 불구하고 글을 쓰는 것이다.

학생들이 글을 발표하는 시간이 되면 남편의 죽음, 강에 버려진 어린아이의 사체, 시력을 잃어 가는 여인 등, 인간 존재가 고통이라는 것을 새삼 확인하게 된다. 나는 이때 학생들에게 울고 싶다면 소리 내어 울어도 좋지만 끝까지 읽어야 한다는 사실만은 잊지 말라고 부탁한다.

한 사람이 발표한 다음에는 잠시 쉬고 곧바로 다음 사람이 발표한다. 이렇게 하는 것은 앞에 발표한 사람의 고통을 외면하는 것이 아니라, 우리의 목적은 어디까지나 글쓰기이기 때문이다. 우리는 이 시간을 통해 그동안 수없이 느껴 왔던 감정을 인정하고, 그 감정에 빛을 주고 색을 입혀 이야기 구조를 덧붙이는 좋은 기회로 만들어야 한다. 분노를 붉은 튤립으로 변형시키고, 슬픔을 회색빛 낙엽으로 가득 찬 오래된 골목으로 옮겨 놓아야 한다.

글쓰기는 어마어마한 에너지를 가지고 있다. 만약 당신이 글을 쓰는 이유를 찾아낸다면, 그것은 어떤 이유든지, 글 쓰는 행위를 부정하기보다는 자신을 더 깊이 불사르며 글쓰기 속으로 몰입하게 해 줄 것이다.

"나는 왜 글을 쓰는가?" 또는 "나는 왜 글을 쓰고 싶어 하는가?"라고 묻되, 깊이 생각하지는 말라. 그 대답은 펜을 잡고, 종이 위에 분명하게, 단정적으로 진술하라. 모든 진술이 백 퍼센트 진실일 필요는 없으며, 하나의 문장이 나머지 문장들과 모순되어도 상관없다. 아니, 거짓말로 꾸며서라도 계속 끌고 가보라. 설령 왜 글을 쓰려는 것인지 모른다 해도 글을 쓰는 이유를 아는 것처럼 대답해 보라.

나는 왜 글을 쓰는가? 나의 에고는 내가 영원히 살아 있고, 사람들 또한 영원히 살 수 있기를 바라기 때문이다. 우리 존재가 한순간의 찰나이며 유한하다는 사실 그리고 시간을 붙잡을 수 없다는 진실은 나에게 더없이 큰 상처이다. 내가 느끼는 모든 기쁨의 가장자리에도 이 상처가 지나간 흔적이 남아 있다. 여기 크로와상 익스프레스, 미국의 위대한 중서부 도시인 미네소타의 모퉁이에 있는 이 제과점도 언젠가는 더 이상 나에게 뜨거운 초콜릿을 대접하지 못하게 될 것이다.

내가 글을 쓰는 이유는, 나는 외롭고, 이 세상을 혼자서 헤쳐 나가야 하기 때문이다. 그 누구도 내 속을 관통하고 있는 것이 무엇인지 모른다. 더 신기하고 놀라운 일은 나 자신도 모른다는 사실이다. 봄이다. 하지만 아무리 히터를 켜도, 얇은 벽을 통해 들려오는, 죽을 수밖에 없는 우리의 운명이 절규하는 소리를 막지 못한다.

내가 글을 쓰는 이유는, 내가 미쳤고, 정신분열증 환자이기 때문이다. 나는 내가 미친 정신분열증 환자라는 사실을 알고 있

뼛속까지 내려가서 써라

고, 이 사실을 받아들이며, 어리석은 일에 빠지기보다는 이 사실과 관련된 무언가를 하려 한다.

나는 사람들이 잊어버린 이야기를 사람들에게 들려 주기 위해, 또 한 여성으로서 자신의 인생을 꿋꿋하게 살아가기 위해 글을 쓴다. 나는 당신의 입술과 혀에서 나온 말에 형태를 잡아 주기 위해 글을 쓴다. 또 내가 알고 있는 가장 강력한 것을 당신에게 빼앗기지 않기 위해 글을 쓴다. 나는 살아 있기 위해 노력하며, 내가 서 있는 이 공간을 이해하기 위해 그리고 그 공간에 구체적인 색과 형태를 부여하기 위해 애쓰고 있다.

나는 부족한 나의 작품만이 내가 가진 전부가 되어버리는, 그런 완전한 고립 속에서도 글을 쓴다. 나는 이해를 받지 못할 수도 있고 게다가 책상과 노트에서 떨어져 나 자신의 인생으로 얼굴을 돌려야만 할 때도 많다. 그리고 상처를 받으면서 그 상처를 이겨 내는 동안에도 글을 쓴다. 그 상처가 나를 강하게 만들고 집으로 돌아가게 한다. 그때 돌아가는 집이 내가 영원히 가질 수 있는 유일한, 진짜 집이 될 것이다.

1984년 사월, 나의 단골 제과점인 크로와상 익스프레스에서 쓴 글이다. 지금 다시 이 글을 쓴다면 아마 전혀 다르게 쓰일 것이다. 우리의 글 속에는, 그것을 쓰던 순간의 생각과 감정 그리고 그 순간의 환경이 모두 용해되어 있기 때문이다.

‘글은 뭐하러 쓰는 거야?’라는 식의 닳아빠진 잔소리가 다시 들려오면, 당장 종이를 꺼내 대답을 가득 적어 보라. 하지만 자신을 정당화하는 대답은 안 된다.

당신이 글을 쓰는 이유는 그저 글을 쓰고 있기 때문이다. 그러므로 모든 이유가 가능하다. 당신은 문체를 향상시키기 위해, 당신은 얼간이이기 때문에, 당신은 종이 냄새에 미쳤기 때문에 글을 쓰고 있는 것이다.

뼛속까지 내려가서 써라

지난 겨울, 나는 절친한 친구 케이트와 함께 월요일마다 공동 글쓰기 작업을 했다. 우리는 아침 아홉 시에 만나서 오후 두세 시까지 글을 썼다. 이따금 그녀가 아이디어를 내놓았다.

"감정의 분열에 대해서 써보는 게 어때? 좋지? 그럼 시간은 한 시간이야!"

그곳에 사람이라곤 우리 둘이 전부였기 때문에 우리는 글이 끝나면 각자가 쓴 글을 상대방에게 큰 소리로 읽어 주었다. 한 시간 동안 육필로 쓴 글은 언제나 많은 분량이었다.

우리는 장소를 바꾸어가며 시도해 보기로 마음을 모았다. 그래서 한번은 자동차로 남쪽으로 한 시간이나 달려야 하는 미네소타 주 오와토나에까지 갔다. 우리는 도로 맞은편에 있는 카페에서 글을 썼다. 그 시절 나는 일거리를 찾는 중이었고 케이트는 대필작가로 일하고 있었다.

이런 이야기를 꺼낸 건 아주 중요하기 때문이다. 케이트와 나에게는 글쓰기, 서로 나누는 것 그리고 우정이 모두 중요했다. 그래서 우리는 매주 하루 그것도 일주일이 시작되는 월요일을 통째로 글쓰기를 하는 시간으로 할애했다. 잊지 말고 기억해 달라. 앞길이 막막하고 하루하루를 어떻게 살아갈까 생계가 걱정스러운 바로 그런 시절, 케이트와 내가 월요일을 어떻게 보냈는지.

삼 주 동안 예루살렘에서 지냈을 때, 나는 쉰 살 먹은 어느 하숙집 여주인을 알게 되었다. 그녀는 텔레비전이 고장 나자 수리공을 불렀다. 수리공은 네 번이나 들락거린 끝에야 고장 원인이 스크린에 있다는 사실을 알아차렸다. 나는 그녀에게 이렇게 물었다.

"당신은 수리공을 부르기 전부터 어디가 문제인지 알고 있었잖아요? 당신이 귀띔해 줬다면 금방 고쳤을 텐데……."

그녀는 의아한 눈으로 나를 쳐다보았다.

"물론 그렇죠. 하지만 그럴 경우 우리가 관계를 맺는 일은 없었을 겁니다. 같이 차를 마시며 텔레비전을 수리하는 과정에 대해 이야기하지는 못했겠지요."

그렇다. 우리의 목표는 고장 난 기계를 수리하는 것이 아니라 너와 내가 인간관계를 맺는 것이다.

명심해야 할 것이 또 있다. 당신에게 정말 중요한 것은 지금 당신이 하고 있는 일 그 자체가 아니라, 당신이 어떻게 그 일을 하고 있는가, 어떤 방법으로 그 일에 접근해 나가는가 그리고 그 일에서 어떤 가치를 얻는가 하는 점이다.

한번은 이 층에 사는 친구가 나에게 이렇게 말했다.

"나탈리, 너는 사람뿐 아니라 모든 것과 관계를 맺고 있는 거야. 저 계단, 너의 집 현관, 자동차, 옥수수 밭 그리고 구름하고도 관계를 맺어야 해."

우리는 모두 전체의 한 부분이다. 이것을 이해하면, 우리가 글을 쓰는 것이 아니라 모든 것이 우리를 통해서 글로 쓰여지고 있다는 사실을 알게 된다. 케이트와 나는 월요일 온종일 서로를 관통하고, 모든 거리와 커피를 관통해서 글을 썼다. 이런 관통하는 글쓰기만이 흐르는 피가 땅에 스며들듯 다른 곳으로 침투해 들어가는 힘이 생긴다.

세상에는 많은 현실이 있다. '다른 사람들은 자신의 인생을 어떻게 생각하고 있을까?'라는 문제에 당신이 지나치게 빠져 있다면, 세상에는 수많은 현실이 있음을 꼭 기억해두라. 우리에게는 그냥 살아가는 우리의 삶이 있다. 우리는 그냥 글을 쓰고 싶은 것이며, 그냥 비와 식탁과 음악과 종이컵과 소나무를 만지고 싶은 것이다.

나는 글쓰기에 들어가기 전에 십 분 동안 "나는 (   )의 친구이다. 내 친구는 (   )이다."라는 식으로 간단한 마음 풀기를 한다. 내 친구로 무생물들의 이름을 적어 보는 것이다. 토스터, 책상, 자동차, 고속도로, 산……이 모두가 우리와 함께 살아가고 있다. 이런 식으로 연습을 하거나 친구와 같이 공동 글쓰기를 시도하다 보면, 자기 안에만 깊이 처박혀 있는 자기 자신을 바깥으로 한걸음 내딛도록 해야 한다는 사실을 깨닫게 될 것이다.

케이트와 같이 보낸 월요일을 뺀 나머지 날들에 대해서 이야기
하겠다. 딱 한 번 그녀의 집에서 만난 적이 있는데, 그녀의 남편
은 이 층에서 낮잠을 자고 아이들은 유모가 맡아보고 있었다.
탁자 위에는 히터 하나가 놓여 있었지만 얼어붙은 내 손을 녹이
기에는 턱없이 부족했다. 우리는 줄담배를 피웠는데, 진짜 깊이
들이마시는 것이 아니라 이른바 '뻐끔담배'였다. 케이트는 뉴요
커들처럼 목에 짧은 스카프를 두른 차림이었다.

　우리는 자신의 목소리에 대해서 그리고 작가로서는 강하고
용감하지만 한 인간으로 돌아오면 한없이 무기력하다는 것에
대해서 이야기를 나누었다. 이런 사실이 우리를 미치게 만들고
있었다. 세상에 대해 우리가 품은 위대한 사랑과, 생활인으로서

우리 등에 달라붙은 불명예 사이에는 엄청난 차이가 있기 때문이었다.

이럴 때 헤밍웨이를 생각하면 감탄스럽기 짝이 없다. 그는 아내와 실랑이 끝에 술이 떡이 되도록 만취했으면서도 자신의 주인공인 산티에고 노인이 초인적인 인내심을 발휘하며 항해를 계속하도록 했다.

우리는 작품 속과 작품 바깥이라는 두 가지 세계를 하나로 묶는 것에서부터 시작하지 않으면 안 된다. 예술은 비공격의 실천이다. 우리는 작품 속에서뿐만 아니라 일상생활 속에서도 이 기술대로 살아야만 한다.

이십 분씩 두 차례 글을 쓴 것과 케네스 렉스로스^{Kenneth Rexroth}의 아름다운 시를 읽은 시간을 제하면, 우리는 하루 종일 대화하는 것으로 시간을 채웠다. 그것도 좋았다. 그 하루 자체가 좋은 시였다. 얼음처럼 차가운 네 개의 발. 재떨이에는 담배꽁초가 쌓여갔다. 만약 우리가 정말 똑똑했다면 시간이 되었다고 각자의 현실로 돌아가지 않았을 것이다. 화요일 새벽까지 계속해서 이 상태를 끌고 나갔을 것이다.

카타기리는 말한다. "우리의 목표는 매순간 모든 존재에 대해서 상식적으로 대하고 친절한 마음을 갖는 것입니다."

이 말은, 종이에는 멋진 시를 적으면서 자기의 삶에는 침을 뱉지는 말라는 뜻이다. 책상에서 시를 치우고 부엌으로 돌아가라는 뜻이다. 이것이 바로 우리가 작가로서 살아남는 방법이다.

뼛속까지 내려가서 써라

우리가 미국 경제에 별다른 도움을 주지 못하고 허다한 잡지 편집장의 관심을 끌지 못하는 사람이라 할지라도 말이다. 우리는 돈을 벌기 위해 또는 남에게 인정받기 위해 글을 쓰는 것이 아니다. 물론 이 두 가지 모두 근사한 것이긴 하지만. 우리가 글을 쓰는 이유는 세상을 사랑하기 때문이다. 이것이 우리 마음속에 있는 가장 깊은 비밀이다.

자신이 쓴 글에서 떠나라.

학교, 교회, 명상센터, 유치원에서 주최하는 바자회나 사육제를 그냥 놓치지 말라. 그 행사에 공헌할 일이 없다는 생각은 버려라. 이런 장소에 당신은 즉흥적인 '글쓰기 창구'를 만들 수 있다. 준비할 것은 고작 백지와 빨리 써지는 필기구, 탁자 그리고 의자만 있으면 된다. 여기에 '즉흥시' 또는 '주제를 정하면, 그 주제에 맞는 글을 써드립니다.'라는 내용의 표지판까지 있으면 금상첨화이다.

나는 지난 삼 년간 미네소타의 한 명상센터에서 주관한 여름 축제와 바자회에서 바로 이런 '글쓰기 창구'를 운영했다. 처음에는 겁이 나서 시 하나를 써 주고 오십 센트씩 받았는데, 그 다음 해에는 일 달러로 인상했다.

뼛속까지 내려가서 써라

내가 시를 써 주는 날은 하루 종일 기다란 줄이 생겼다. 나는 고객들에게 주제를 정해 달라고 말했다. 하늘, 공허감, 미네소타 등의 주제를 비롯해 '사랑'도 신청자가 끊이지 않는 주제였다. 아이들은 자주색에 대한 시, 자기들의 신발, 배꼽 등에 대한 시를 적어 달라고 했다.

나는 노트 한 쪽을 완전히 채우는 것을 원칙으로 삼았다. 절대 다음 장으로 행을 넘기지 않고, 내가 쓴 글을 읽기 위해 중간에 멈추지 않는 것도 원칙에 들어갔다. 또 운율에 맞추어 글을 쓰겠다는 생각도 버렸다. 이렇게 나는 내 습작노트를 채우듯 한 장 한 장을 채워 나갔다. 이 방법 역시 또 다른 글쓰기 훈련이었다.

일본에는 뛰어난 하이쿠를 적은 종이를 병에 담아 강이나 개울에 띄워 보내는 시인에 대한 이야기가 많다. 이것은 작가란 모름지기 자기 작품에 대한 집착을 버려야 한다는 것을 가르쳐 주는 아주 의미심장한 우화이다.

이십 세기가 만들어 낸 또 하나의 발명품 가운데 하나는 시를 쓸 수 있는 즉흥적인 공간이다. 일단 글을 쓰기 시작한 다음, 자신이 쓴 글을 다시 읽어 보지 말고, 그냥 세상으로 떠나보내는 것이다. 가끔은 정말 급소를 찌른 글이라는 생각이 드는 작품도 나오는데, 그럴 때도 나는 그저 그 종이를 접어서 탁자 너머에 있는 고객에게 건네주고 다음 고객의 주문을 받았다.

위대한 불교 지도자인 초감 트룽파Chogyam Trungpa는 사업가가 되려면 우선 먼저 위대한 전사가 되어야 한다고 말했다. 이것은 두려움을 떨쳐내야 하며, 한순간에 자신의 모든 것을 잃을 수도 있다는 사실을 받아들여야 한다는 뜻이다. 즉흥 글쓰기 창구는 바로 이러한 위대한 전사가 될 수 있는 기회이다. 글을 쓰는 동안 모든 것을 집중해야 하며, 그 다음에는 아무 미련 없이 자기가 쓴 글을 고객에게 넘겨주어야 하기 때문이다. 아주 빠르게 글을 쓰게 되면 실제로 자기제어가 통하지 않게 된다. 내 경우는 처음에 쓰려고 했던 것보다 항상 더 많은 글을 쓰게 되었다.

하지만 우리는 대중을 절대 과소평가해서는 안 된다. 대중은 진실의 단면을 보고 싶어 한다. 내가 만든 '글쓰기 창구'는 대중성의 한 극단을 보여 주는 것이다. 비록 미국 사회의 전반적인 분위기가 시인이나 작가에게 특별한 관심과 지원을 기울이지 않는다 해도, 암암리에 글 쓰는 행위에 대한 내밀한 꿈과 존경은 계속되고 있기 때문이다.

십여 년 전 뉴멕시코 주 타오스에서 살고 있을 때, 나는 금방이라도 쓰러질 것 같은 벽돌집을 월세 오십 달러를 내고 얻었다. 집주인은 삼십육 년 전 바로 이 집에서 태어난 사람이었는데, 알부퀘르크에서 보험 대리인 일을 하며 살고 있었다. 그는 이 집을 무척 싫어했으며, 이 집에서 살겠다는 사람이 있으면 노골적으로 무시하고 비난했다. 어쨌든 나는 이방인만이 가지는 열정 때문인지 그 집이 무척 마음에 들었다. 화장실이 집 바깥에 있고, 찬물만 나오고, 난방은 땔감에 의존해야 하는 것들은 전혀 문제가 되지 않았다. 그리고 대도시에 살고 있는 주인이 고급 승용차를 타고 집으로 올 때마다 나는 주인과 친해지려고 부단히 애를 썼다. 하지만 나의 이런 노력은 한 번도 먹히지 않았다. 나와 집주인은 완전히 다른 세계에 살고 있었던 것이다.

그런데 하루는 아주 두꺼운 특급 우편물이 날아왔다. 집주인이 보낸 것이었다. 순간 나는 이런 생각이 들었다. '어쩌지? 집세를 올려 달라는 것 같은데.' 그동안 내가 집을 조금씩 손볼 때마다 집주인은 세를 올렸기 때문에 내가 이런 생각을 한 것은 당연한 일이었다. 소포를 뜯자 제일 먼저 지역 신문 기사가 눈에 들어왔다. 지난 주 신문이었는데, 내가 시낭송회를 한다는 기사가 실려 있었다. 나는 눈앞이 깜깜해졌다. '아이쿠! 이제 진짜 쫓겨나는구나.' 하지만 기사 뒤에는 집주인 토니 가르시아가 쓴 편지가 들어 있었다.

"사랑하는 나탈리, 당신이 시인인 걸 알고 있습니다. 지난 십 년 동안 제가 쓴 시 스물다섯 편을 동봉합니다. 제발 다음 시 낭송회에서 제 시들을 읽어 주십시오."

솔직히 나는 그와 친해지는 데에 시가 도움이 되리라는 생각은 꿈에도 하지 못했다.

일 년 전에는 샌프란시스코에서 일한다는 한 남자에게 편지를 받았다. 그는 자신의 책상 위에는 두 가지만 놓여 있다고 했다. 바로 가족사진과, 삼 년 전 미네소타 바자회에서 내가 적어 주었던 시였다. 그는 컴퓨터로 돈을 벌어 경제적으로 부족함 없이 잘 살고 있다고 했다. 그리고 만약 내가 돈이 부족하다면, 정말 부족하다면, 자신에게 돈을 빌려줄 수 있는 영광을 달라고 적었다. 그는 지갑 속에 항상 내가 준 시를 간직한다는 말도 덧붙였다.

솔직히 나는 내가 그에게 어떤 내용이 담긴 시를 써 주었는지 기억나지 않는다. 단지 그날 오후 우리 머리 위에 있던 거대한 단풍나무와 호수에 떨어지는 햇빛과 롤러스케이트의 음향, 멀리서 들려오는 색소폰 소리, 이 모든 것이 그해 미네소타의 여름을 얼마나 멋지게 만들고 있는지에 대한 감상을 적은 괜찮은 글이었으면 좋겠다는 소망뿐이다.

즉흥 글쓰기 창구는 글을 떠나보내는 데에 더없이 좋은 훈련이다. 자신이 쓴 글을 완전히 떠나보내는 것. 그럴 수 있을 때 당신은 작가로서 완전하게 설 수 있다.

뼛속까지 내려가서 써라

문학의 형식, 삶의 형식

글은 장편소설이나 단편, 시, 희곡 등 장르마다 모두 특별한 형식을 가지고 있다. 어떤 정해진 형식에 맞는 글을 쓰고 싶다면 그 형식으로 적은 글을 많이 읽는 것이 최고이다. 그 형식만이 가지고 있는 호흡을 눈여겨보라. 맨 첫 문장이 무엇이었나? 어떻게 끝을 맺었는가? 같은 형식의 글을 많이 읽으면 그 형식이 당신의 의식에 저절로 각인이 된다. 그래서 직접 글을 쓰려고 할 때 그 구조에 맞는 글을 쓰게 된다.

예를 들어 시를 쓰는 사람이 장편에 도전하고 싶다면, 하나의 이미지에서 다른 이미지로 비약시키는 방식은 버리고 이제는 구조를 갖춘 완전한 문장을 쓰는 법을 다시 배워야 한다. 장편을 읽는 동안 당신의 몸은 완전한 문장을 쓰는 법, 끈질기게 장면을 구성해 나가는 기술 그리고 주인공이 커피를 따르는 동안 보이는 식탁보의 색깔과 여자의 성격을 어떻게 표현하는 것이 좋은지에 대해 점점 감을 잡게 될 것이다.

만약 짧은 시를 쓰고 싶다면, 먼저 짧은 시가 가지는 형식을 완전히 소화한 다음 실전에 들어가야 한다. 이렇게 해 보라. 열 개의 짧은 시를 연달아 써 보라. 한 편의 시를 쓰는 데에 삼 분씩 할애하고, 각 시는 삼 행을 넘어서는 안 된다. 소재는 지금 당신의 눈앞에 있는 것에서 고르라. 예를 들어 유리잔, 소금, 물, 조명등, 창문 …….

첫 소재는 '유리잔'이다. 생각하지 말고 간결하게 세 줄만 적으라. 그리고 잠시 멈추라. 이제 다른 시를 써 보라. 규칙은 똑같이 삼 분에 삼 행의 시이다. 이번 소재는 '소금'이다. 같은 방법으로 짧은 생각들이 하나의 구조를 만들어낼 때까지, 당신에게 필요한 형태가 나올 때까지 계속 끌고 가라. 특히 단시短詩에서는 모든 단어들을 경제적으로 사용해야 한다. 제목은 그 시에서 사용한 단어를 반복하기보다는 그 시에 또 다른 느낌을 더해 주는 것으로 정해야 한다.

또한 형식은 아주 교묘한 기술이 필요하다. 형식만 갖추었다고 해서 예술작품이 만들어지지는 않는다. 단시 구조를 가진 일본의 하이쿠를 예로 들어보겠다. 하이쿠는 계절과 자연을 주요 소재로 5-7-5 음절로 이루어진 한 줄짜리 정형시이다. 이것은 영어로 번역이 되면서 삼행시가 되었다.

미국에서는 초등학생도 모두 이 삼행시를 배운다. 하지만 이 것은 형식만 갖추었을 뿐이지 진정한 하이쿠가 아니다. 블라이스R.H.Blyth가 소개한 4대 하이쿠 시인인 바쇼芭蕉, 시키子規, 이싸一茶, 부손蕪村의 작품을 읽어 보라. 블라이스의 영역英譯이 때로는 5 – 7 – 5 음절의 형식을 따르지 않는 것을 볼 수 있을 것이다. 일본 어와 영어는 완전히 별개의 언어이기 때문이다. 일본어의 음절 은 영어의 음절보다 더 많은 의미와 무게를 내포한다. 그러므로 영어로 하이쿠 형식의 작품을 쓰려면 음절을 무시한 채 그저 짧 은 삼행시를 쓰는 것이 바람직하다.

"좋아. 나는 블라이스가 번역한 하이쿠를 공부했어. 하이쿠는 짧은 삼 행으로 이루어진 시야. 나는 이제 음절에 맞추어 시를 쓰면 돼."그렇다. 하지만 그 다음에 당신이 쓴 시는 하이쿠가 아니라 그저 짧은 시에 머물 수도 있다. 무엇이 진정한 하이쿠 를 만드는가?

많은 하이쿠 작품을 읽다 보면 그 안에는 반드시 독자들의 마음을 도약시키는 순간이 들어 있음을 보게 된다. 독자들 마음 속에 들어 있는 초월적인 세계를 일깨우는 순간이다. 바로 이런 순간, 우리는 신을 경험하며 저절로 '아!' 하는 감탄사를 터뜨리 게 된다. 이것이 진정한 하이쿠가 가지는 미덕이다.

눈사람과 나눈 말
눈사람과 함께

사라지네

  - 시키

죽이지 말라, 그 파리를

살려 달라고

손발을 싹싹 비비고 있지 않은가

  - 이싸

달이 동쪽으로 옮겨가자

꽃 그림자

서쪽으로 기어가네

  - 부손

너무 울어

속이 텅 비어 버렸는가

이 매미 허물은

  - 바쇼

삼행시 짓는 법을 아무리 많이 연습해도, 그 짧은 행간에 신과 접촉하는 경험을 담기 위해서는 많은 훈련이 필요하다. 바쇼는 평생 동안 하이쿠 다섯 편을 지을 수만 있어도 하이쿠 시인이 되며, 만약 열 편을 지을 수 있다면 이미 대가라고 자신 있게 말했다.

우리는 한 편의 좋은 장편을 얻기 위해 세 편의 장편을 쓰는 훈련을 거칠 수도 있다. 형식이란 이렇게 어려운 것이다. 문학의 형식도 배워야 하지만 우리는 또한 인생이라는 형식을 채워 나가는 것도 잊어서는 안 된다. 인생의 형식에도 훈련이 따른다는 사실을 기억하라.

익숙한 초원을 떠나라.

삼 년 전 미네소타에서 열린 주말 워크숍에 참가했던 수강생 가운데 데이비드라는 학생이 있었다. 그 워크숍에는 모두 스무 명이 참석했는데 학교 교사들이 많았고, 나머지 수강생들도 각자 자기 분야에서 실력을 인정받는 사람들이었다.

첫 수업이 있는 날 아침, 수강생들의 얼굴에서는 초조함과 더불어 글쓰기에 대한 열의를 그대로 느낄 수 있었다. 나는 평소대로 그들에게 자신의 목소리를 믿는 법을 배워야 하며 말하고 싶은 것을 말해야 한다는 소신을 밝혔다. 그런 다음 십 분간 글쓰기를 하고, 각자 쓴 글을 발표하는 시간이 되었다. 사람들은 자기가 쓴 글을 읽으면서 전율했다. 나는 아직 첫날이기 때문에 자신을 완전히 드러내는 글을 기대하지 않았다. 어린 시절, 농장

뼛속까지 내려가서 써라

에서의 추억, 너무 예민했던 성격 등의 이야기가 나왔다. 이런 정도는 어느 수업에서나 예견할 수 있는 수준이었다. 드디어 데이비드의 차례가 되었고, 그는 아주 큰 목소리로 글을 읽기 시작했다.

마스터베이션. 마스터베이션. 마아아아아스 ······

마! 마! 마!

마! 마스터. 베 베 베 베이 션 션 션 ······

데이비드는 계속 이런 식으로 글을 읽었고, 사람들은 얼이 빠지고 말았다.

데이비드는 그 워크숍이 끝날 때까지 다른 주제로는 글을 쓰지 않았다. 사람들은 이상하게 생각했지만 나는 이런 글의 밑바닥에는 정말 대단한 능력이 있다고 믿었다.

데이비드는 시작부터 이미 글의 모든 규칙을 파기하고 오직 자신이 말하고 싶은 것을 말하고 싶은 방식으로 말했다. 그리고 우리 모두에게 충격을 주고 있는 자신의 목소리를 계속해서 신뢰했다. 나는 그의 글에 엄청난 에너지가 들어 있음을 느꼈다. 그리고 만약 그가 자신의 글에 적절한 재갈만 물릴 수 있다면, 주제가 바뀌더라도 에너지를 발휘할 수 있으리라는 생각이 들었다.

그날 이후 그는 이 년 동안 계속해서 글쓰기 모임에 참가했다. 나는 그의 결단력에 감동을 받았으며 그가 가진 유머 감각을 사랑하게 되었다. 비록 첫 수업 시간에 웃음을 터뜨렸던 사람은 유일하게 나 혼자뿐이었지만 말이다. 다른 사람들은 그가 하려는 말이 무엇인지 이해하지 못했지만, 나만은 그의 언어 뒤에는 폭발적인 에너지가 숨어 있다고 확신했다.

가끔 처음부터 문장구조도 완벽하고 서술력도 좋으며 세부 묘사도 뛰어난 학생들을 만나게 된다. 솔직히 말하면 미국 중서부 미네소타 주에서는 거의 모든 사람이 이런 글을 쓸 수 있다. 계절마다 불어오는 태풍, 혹독한 겨울, 할머니에 대한 이야기가 무궁무진하다. 하지만 시간이 지나면 이들의 글쓰기는 어디에도 도달하지 못하는 경우가 많다. 이미 잘 쓰는 글이 무엇인지 알고 있는 이들은 자신이 서 있는 곳을 벗어나려 하지 않는다. 새로운 개척지를 개간하고 미지의 세계 속으로 나아가기를 주저한다.

어느 화요일 저녁에 했던 수업이 생각난다. 그 학생들은 내가 흔들어 보기가 힘들 정도로 모두 글쓰기의 기본이 단단하게 잡혀 있었다. 나는 그들이 한 번쯤은 입에 거품을 물 정도로 분별력을 놓아 버린 바보 천치가 되고, 낯선 들판을 헤매는 방랑자가 되기를 바랐다. 하지만 학생들은 나름대로 내 요구를 이해하려고 애썼지만 나를 이해하지 못했고, 나는 그들을 흔들고 싶었지만 흔들 수 없었다. 이런 답답하고 안타까운 수업이 막바지에 이르렀을 때, 나는 갑자기 이렇게 말했다. "무엇이 문제인지 알았어요! 여러분 중에는 금지된 약물을 먹어 본 사람이 아무도 없는 겁니다!"

이것은 좋은 작가가 되려면 엘에스디LSD나 향정신성 의약품을 꼭 경험해봐야 한다는 뜻이 아니다. 내 말은, 우리 삶에는 반드시 미쳐버려야 할 시기, 사물을 바라보는 일상적인 시각에서 벗어나야 하는 시기가 필요하다는 뜻이다. 그래서 이 세상은 우리가 생각하는 것과는 달리 그렇게 견고하지도 않고, 구조적으로 완벽하지도 않으며, 영원하지도 않다는 사실을 배워야 할 때가 있다는 뜻이다. 우리의 삶은 언젠가는 당도할 죽음을 향해 가고 있는 것이며, 이 죽음을 막을 것은 아무것도 없다.

엘에스디에 취하지 말라. 그저 아무도 모르게 사흘 동안 숲속에 들어가 지내보라. 당신이 말을 겁내는 사람이라면, 말 한 마리를 사서 말과 친구가 되어라. 자신을 규정하는 경계를 확장시켜라. 잠시 동안이라도 그 경계선 끄트머리에서 살아 보라.

우리는 스스로를 영원불멸한 존재인 것처럼 생각하며, 이런 환상 속에서 살아간다. 하지만 우리는 자신이 언제 죽을지 그 시간조차 알지 못한다. 오래 살다가 편안하게 자연사하기를 바라지만 당장 몇 분 후에 죽을 수도 있다. 죽음을 면할 수 없는 우리의 숙명에 대해 심각하게 고민을 해 보는 것은 당연한 일이다. 숙명에 대한 깊은 고찰이야말로 우리의 삶을 더욱 생동하게 만들고, 현실에 충실하게 만들며, 지금 이 순간을 놓치지 않도록 만들어 준다.

데이비드는 글을 쓰고 있는 동안 통념적인 사고 너머로 비상하고 있었다. 나는 그가 언젠가는 땅에 착지하리라는 것을, 그래서 미네소타라는 단단한 땅을 밟고 살아가는 우리 모두에게 자신이 발견한 특별한 시야를 명료하게 펼쳐 보여 주리라는 것을 믿고 있다. 그는 익숙한 땅을 박차고 날아오름으로써 자신에게 더 많은 공간을 허락해 준 것이다. 정확한 문장에만 집착했다면 뻔한 정교함에 머물렀을지도 모른다.

그래서 나는 그의 최근 소식을 들었을 때 조금도 놀라지 않았다. 그는 완벽한 문장과 설득력 있는 에세이를 쓰는 법을 배우기 위해 미네소타 주립대학의 문예 창작 마스터즈 프로그램에 들어갔다고 했다. 그가 이런 변화를 시도하는 것은 자신의 에너지를 더 충실히 키워 내기 위함이다.

스즈키 선사는 《선심초심Zen Mind, Beginner's Mind》에서 이렇게 말했다. "대중을 통제하고 조정하는 최상의 길은 그들에게 해로운 일을 하도록 조장하는 것이다. 그러면 대중은 스스로 통제력 안으로 들어올 것이다. 소와 양을 통제하는 가장 좋은 방법은 소와 양을 탁 트인 황야에 풀어 놓는 것이다."

글쓰기에서도 커다란 들판이 필요하다. 너무 고삐를 세게 잡아당기지 말라. 스스로에게 방황할 수 있는 큰 공간을 허용하라. 아무 이름도 없는 곳에서 철저하게 길을 헤맨 다음에라야 당신은 자기만의 방식을 찾아낼 수 있다.

규칙적인 연습은 창조력을 마비시킨다.

다른 운동이 그렇듯, 글쓰기를 발전시키는 데에는 연습만이 지름길이다. 하지만 글쓰기 훈련은 의무적으로 치러질 수 없다는 점이 여느 훈련과 다르다. "그래, 나는 오늘 한 시간 동안 글을 썼지. 어제도, 그제도 한 시간씩 훈련했어." 이렇게 그냥 시간만 채우는 것으로는 충분하지 않다. 그 시간 속에 엄청난 압력을 가해야 한다. 글을 쓰기 위해 자리에 앉을 때는 목숨 전체를 기꺼이 그 글 속에 집어넣어야 한다. 그렇지 않으면 당신은 기계적으로 펜을 끄적거리면서 언제 시간이 끝날까 자꾸 시계만 쳐다보게 될 것이다.

"매일 글을 쓰라!" 이 규칙대로 실행하는데도 별다른 효과를 보지 못하는 사람들이 있다. 그것은 의무감으로 했기 때문이다.

규칙만 따지는 사람들이 빠지는 함정이다. 마음은 다른 곳에 두고 단지 규칙에 맞추기 위해 엄청난 노력을 쏟는 것처럼 쓸데없는 에너지 낭비는 없다. 만약 당신의 기본자세가 이렇다면 당장 글쓰기를 중단하라. 일주일에서 멀게는 일 년이 되어도 좋으니 글쓰기에서 떨어져 있으라. 무언가를 말하고 싶은 갈증을 느껴, 말하지 않으면 병이 날 것 같을 때까지 기다려라. 그런 다음 글쓰기로 돌아가라.

걱정하지 말라. 이것은 시간을 낭비한 것이 아니다. 오히려 자신이 어떤 에너지를 가지고 있는지 분명히 알게 되어 낭비를 줄이는 결과를 가져다줄 것이다. 그렇다고 해서 "알았어. 잠시 글쓰기를 멀리했다가 나중에 다시 돌아와서 쓰게 되면 그때는 더 이상 이런 문제로 괴로운 일은 없을 거야."라고 섣부른 결론을 내려서도 곤란하다. 나중에도 어려운 문제는 다시 찾아온다. 단지 차이라면, 당신의 깊은 곳에 글쓰기에 대한 열정을 타오르게 할 수 있는 장소가 마련되어 이제는 더 충실히 일할 수 있게 된다는 것이다.

만약 하루도 쉬지 않고 몇 날 며칠을 계속 글쓰기에만 매달리고 있다면, 잠시라도 완벽한 휴식을 가져야 한다. 글쓰기와는 완전히 다른 일을 시작해 보라. 어둡고 칙칙한 방에 칠을 다시 해볼 수도 있다. 그래, 흰색으로 칠해 보자. 신문에 소개된 요리법대로 간식을 만들어 보는 것도 좋다. 당신의 모든 에너지를 글이 아닌 다른 일에 몰입시키는 것이다. 아이들과 이 주일 내

내 놀아 주어도 좋다. 이러는 사이 당신은 당신의 리듬, 즉 언제 글을 쓰고 싶어지고 언제 휴식을 해야 하는지를 알게 될 것이다. 이 리듬은 자신과 더 깊은 관계를 맺도록 도와준다. 이제는 맹목적으로 규칙에 매이지 않게 된다.

한 달 동안 같이 유럽 여행을 했던 절친한 친구 생각이 난다. 여행을 갔던 바로 그 해, 그녀는 교사 일을 하며 네 살배기 아들을 키우느라 무척 바쁘게 지내고 있었다. 그녀는 유럽에 있는 한 달 동안 하루에 한 시간씩 글을 쓰겠다고 결심했다. 나는 그녀가 글쓰기를, 마치 교사직을 수행할 때처럼 혹은 저녁 식사를 준비하고 빨래를 해야 하는 주부처럼 의무적인 일로 접근하는 것을 보고 무척 마음이 아팠다.

우리는 함께 유럽을 여행하며 많은 이야기를 나누었다. 나는 그녀가 학창 시절 하루도 결석한 적이 없다는 사실을 알게 되었다. 심지어 그녀가 병이 들어 아팠을 때에도 그녀의 어머니는 딸을 억지로 학교에 보냈다고 했다.

우리는 규칙을 지켜야 한다고만 배울 뿐, 규칙이 왜 그리고 얼마나 가치가 있는지에 대해서는 깊이 생각하지 않는다. 나는 미네소타 주에서 육 년이 넘게 사는 동안 학창시절 내내 개근상을 받았다는 것을 대단한 자랑으로 여기는 사람들을 많이 보았다. 솔직히 나는 개근상을 대단하게 생각하지 않는다. 물론, 개근상에 성실과 인내라는 미덕이 있다는 것은 인정한다. 개근상에 내포된 이런 품성은 배워야 마땅하지만, 그렇다고 흑백논리를 적용시키는 것은 곤란하다.

결석을 하게 만드는 일상의 사건들은 얼마든지 있다. 치과를 찾아가야 하기 때문에, 기르던 개가 죽었기 때문에, 유대교인으로서 주일^{主日}을 지켜야 하기 때문에 또는 미국계 인디언 축제일 때문에, 목구멍이 부어서, 할머니가 찾아왔기 때문에……이런 다양한 이유로 결석할 수도 있는 법이다. 인생에는 다양한 변수가 존재한다. 반복되는 일상이 때로는 유동적일 수도 있다는 사실을 인정할 때, 학교에 가서 글을 배우고 파란 줄이 쳐진 종이 위에 편지 쓰기를 배우는 시간이 소중하다는 것도 알게 된다.

글쓰기에도 이러한 유동성의 공간이 필요하다. 한 시간 동안 쉬지 않고 글을 쓰면 단어들이 가득 채워진 종이 몇 장은 얻을 것이다. 하지만 궁극적으로 자신을 속일 수는 없다. 당신은 우울한 느낌이든, 꿈이든, 희망이든, 진정한 자신이 있는 곳으로 들어가야만 한다.

만약 오랜 시간에 걸쳐 썼던 글이 마음에 들지 않는다면, 그것은 당신이 글쓰기에 충분히 몰입하지 못했기 때문이다. 작가가 되겠다는 희망을 오직 연습 시간의 경과로만 채우고 있다면, 당신은 평생을 연습해도 훌륭한 작가가 될 수 없다. 때로는 더 멀리 가기 위해 인생을 변화시켜야 할 때도 있는 법이다.

어느 날 밤, 밀란 공항에서 와인을 마시며 내 친구가 이렇게 물었다.

"내가 좋은 작가가 될 것 같아?"

나는 진실을 말해야만 했다.

"글쎄, 너는 인생은 잘 살 것 같아. 아이 키우는 데에도 재능이 있고, 결혼 생활도 행복하게 꾸려갈 수 있어. 하지만 네가 작가가 되는 것을 생각하면……모르겠어."

친구는 술잔을 '탕' 하고 내려놓았다. 그녀는 여행을 떠난 이후 처음으로 열정적인 목소리로 아주 근원적인 내면의 이야기를 꺼냈다.

"난 일요일마다 아이들에게 핫도그나 만들어 주면서 내 인생을 끝내진 않을 거야!"

다음 달, 그녀는 몇 년 동안 일했던 초등학교 교사직을 사임하고 오래전부터 하고 싶었던 다른 일, 다소 엉뚱한 소원이었는데, 바텐더가 되겠다는 결심을 했다. 여행이 끝나갈 즈음, 그녀의 글은 전과는 비교할 수 없을 정도로 생동감이 넘쳤다.

미국 중서부에 살고 있을 때 나는 옥수수 밭 산책을 무척 좋아했다. 자동차를 몰고 농지 끝까지 가서 몇 시간 동안 옥수수 밭을 걸어 다니곤 했다. 가을이면 마른 건초더미들이 바스락거리는 소리가 들렸다. 한번은 친구와 동행한 적이 있었는데, 그녀가 맨 처음 보인 반응이 재미있었다.

"나탈리, 이건 불법이잖아. 밭 주인이 알면 어쩌려고 그래? 고발하지 않을까?"

그렇다. 엄격하게 말하면 내가 하는 짓은 '사유지 침해'라는 엄연한 불법 행위였다. 하지만 나는 해를 끼치는 어떤 일도 하지 않았다. 밭 주인인 농부들 어느 누구도 얼굴을 찌푸리지 않았을 뿐만 아니라, 내가 자기네 밭을 즐기고 있다는 사실을 아주 기분 좋고 신기하게 생각하는 것 같았다.

자신의 규칙대로 미리 단정하지 말라. 만약 옥수수 밭에 철조망이 있었다면, 나는 그 철조망의 의미를 분명하게 읽었을 것이다. 법에 얽매이기보다는 살아 있는 존재와 친구가 되는 것이 더 중요하다. 법규란 남을 다치게 하거나 해를 끼치지 않게 하기 위해 만들어진 것일 뿐이다. 사려 깊은 사람은 굳이 법규를 들먹이지 않아도 항상 경우에 맞는 일을 하는 법이다. 나는 옥수수 알을 뽑거나 뿌리를 밟아서는 안 된다는 사실을 알고 있었고, 그래서 옥수수들 사이의 틈새로만 걸어 다녔다.

모범생이 되기 위한 모범생은 되지 말라. 규칙에 얽매이면 글쓰기에 필요한 '진짜 현실'이라는 반석을 얻지 못한다. 그냥 옥수수 밭으로 들어가라. 심장 전체로 글을 쓰라. "난 매일 글을 쓰겠어." 따위의 규칙으로 자신을 마비시키는 짓은 하지 말라.

하지만 이것은 기억하라. 글쓰기에 더 깊이 들어가기 위해 인생을 바꾸어야 했던 내 친구처럼, 그 반대 역시 진실이라는 사실이다. 글쓰기 속으로 깊이 들어가지 못하면 결국에는 글 쓰는 작업 자체가 불가능해진다. 시간이 흘러 다시 규칙을 지키는 '착실한' 사람으로 돌아가겠지만, 자신이 어떤 사람이었는지 진실은 말하지 않게 된다. 글쓰기 훈련에 자신을 충실하게 그리고 정직하게 몰입하는 사람만이 자기 인생에도 몰입할 수 있다.

글을 쓰는 동안 우리는 등을 펼 수 없고, 펜을 놓은 다음에야 등을 편다. 글쓰기가 우리에게 가르치는 것은 우리에게는 진실을 말할 신성한 임무가 있으며, 그 임무는 종이에서부터 걸어 나와 우리의 인생 전체로 들어가는 것이다. 반드시! 그렇지 못하다면 작가로서의 우리와, 일상생활을 살아가는 우리 사이의 간극은 너무나도 넓어진다. 이런 이유로, 인생이 무엇인지 그리고 글을 쓰는 인생이 어떤 것인지 배우는 것은 그 자체로 하나의 큰 도전이다. 그 도전을 받아들이라.

더
이
상
갈
곳
이
없
을
때
。

뉴멕시코 주 타오스의 어느 결혼식장에서, 나는 십 년 전 라마 재단에서 알게 된 사람과 이야기를 나누게 되었다. 나는 그에게 지금 쓰고 있는 책에 대한 이야기를 꺼냈고, 바로 어젯밤 글쓰기에 대해 최악의 거부감을 느꼈다고 고백했다.

"당장 비명을 지르고 타자기를 불 지르고 싶었죠. 다시는 글을 쓰지 않겠다는 생각까지 들었어요."

"이해해요. 하지만 무엇이 그런 생각이 들게 만들었죠?"

그는 나를 똑바로 쳐다보며 물었다.

"아무것도 없었어요." 그리고 나는 이것이 사실임을 깨달았다.

결혼, 히피 체험, 여행, 미네소타와 뉴욕에서의 생활, 교사직,

영적 훈련 등 모든 일을 다 해 보고 나서 자신에게 예정된 운명이 글쓰기라는 사실을 받아들여야 할 때, 이제는 더 이상 도망갈 곳이 없게 된다. 그동안 글쓰기를 회피하려 얼마나 애써왔는지 상관없다. 어느 순간 당신 앞에는 글쓰기만이 버티고 서 있다. 그 이후부터 당신은 하루하루의 기분에 따라 당신의 마음이 좌우되거나 흔들리지 않게 된다.

이제 큰 그림을 보아야 한다. 당신은 지금 글을 쓰는 방법 또는 글을 쓰게 하는 방법을 찾고 있다. 상황이 어떻게 굴러가든 이 일은 계속되어야 한다. 그렇다고 기계적으로 되어서도 안 된다. 만약 글을 쓰기로 결심한 날인데 아이를 치과로 데려가야 한다면, 치과 대기실에서 글을 쓰면 된다. 아니면 글을 한 줄도 쓰지 않아도 괜찮다. 그저 꼭 해야 하는 일 밑에, 이 거칠고 가련하고 놀라운 글쓰기 훈련이 닿아 있다는 사실만 명심하라.

그리고 글쓰기를 항상 우호적으로 대해야 한다. 당신이 돌아가야 할 곳이 적이기보다는 다정한 친구인 것이 훨씬 위로가 되는 법이다. 13세기의 선승인 도겐道元은 이렇게 말했다. "날마다 좋은 날!" 이것이야말로 부침이 심한 인생에서 우리가 글쓰기를 향해 가져야 할 궁극적인 태도와 신념이다.

이 년 전 나는 문인 상을 받았다. 일 년 반 동안 오직 글쓰기에만 매진했는데, 그 사이 나흘이나 닷새 정도라도 계속해서 쉼 없이 작업할 수 있을 정도로 리듬이 좋은 적은 한 번도 없었다. 언제나 악전고투의 나날이었다.

처음에는 아침 아홉 시부터 오후 한 시까지로 작업 시간을 정했다. 이 방법은 통할 때도 있었지만 대개는 효과가 없었다. 다음에는 오후 두 시에서 여섯 시까지로 조정을 했다. 이 방법은 한동안 효과가 있었다. 하지만 약효가 오래가지는 않았다. 그런 다음에는 글을 쓰고 싶을 때만 글을 쓰는 방법을 택했다. 결과적으로는 바로 이 방법, 쓰다가 안 쓰다가 하는 것이 나에게는 제일 좋았다. 나는 매주 작업 스케줄에 변화를 주었다. 낮과 밤 모두 시도해 보았다. 완벽한 것은 아무것도 없었다. 중요한 것은 수많은 전술의 변화와 상관없이 무슨 일이 있어도 글쓰기와의 관계를 포기하지 않는 것이었다.

글쓰기는 숨을 쉬는 것과 똑같다. 아무리 급하고 중요한 일이 있어도 숨쉬기를 잊어버릴 순 없다. 정원을 손질해야 하고, 지하철을 타야 하고, 아이들을 가르쳐야 하는 소중한 일이 있기 때문에 우리는 숨을 들이마시고 내쉬는 일을 멈추지 않는다. 이것이 글쓰기의 기본이다. 여기 내가 1984년 7월 27일에 노트에 적었던 글을 소개하겠다.

지쳐 있고 자꾸 저항하려 드는 나의 마음을 견뎌내야 하는 이 일이, 내가 이 세상에서 얻을 수 있는 가장 심오한 일임을 나는 알고 있다. 때때로 아주 짧은 순간 나는 깨우침의 불꽃을 느끼지만, 그것은 기쁨이나 환희, 그런 종류의 것이 아니다. 그것은 내가 매일 접촉하는 것들 안에 함께 서서 계속 글을 쓰는 것만이 내 가슴을 열게 해 준다는 진실이다. 그리고 그 진실이 나로 하여금 나를 둘러싼 모든 것에게 연민을 가질 수 있도록 깊은 부드러움과 다정함을 준다. 그것은 내 앞에 있는 식탁이나 코카콜라, 종이 빨대, 에어컨, 구월의 네브라스카 주 노폴크 거리를 가로지르는 사람들, 네 시 삼 분을 가리키는 은행의 디지털시계, 맞은편에서 글을 쓰고 있는 친구를 위한 연민이 아니다. 회오리치는 추억과, 우리들 마음 속 깊이 숨어 있는 동경과, 우리가 매일 헤쳐 나가야 하는 고통에 대한 연민이다. 그리고 이것은 내가 종이에 대고 연필을 끄적일 때, 질기고 단단한 마음 속 생각들을 부수어 낼 때 자연스럽게 흘러나오기 시작한다.

이렇듯, 작가가 되려면 아주 깊은 믿음이 따라야 한다. 이것이 내가 알고 있는 가장 깊은 진실이다. 그리고 만약 작가가 아니라면, 나는 아무것도 아니다. 작가가 되는 것, 이것이 내가 이 세상에서 나머지 인생 동안 가야 할 길이다. 나는 이 사실을 다시 또 다시 기억할 것이다.

뼛속까지 내려가서 써라

음
식
에
대
해
써
보
라
。

글쓰기를 하다가 막히거나 글이 지나치게 추상적으로 되어갈
때, 음식을 주제로 글을 써 보라. 언제라도 떠올릴 수 있는 일상
적인 소재 가운데 음식만 한 것도 없다. 언젠가 글의 소재를 정
하지 못해 고생했던 적이 있었다. 이런저런 방법을 다 시도했지
만 학생들의 글은 매번 혼합된 잡문으로 끝이 났다. 그러다가
나는 한 가지 생각이 떠올랐다.

"십 분을 주겠습니다. 자신이 제일 좋아하는 음식에 대해 써
보세요."

학생들의 글은 단번에 확 달라졌다. 다양하고 생동감이 넘쳤
으며 어디에도 추상의 그림자는 보이지 않았다. 교실은 에너지
가 넘쳐흘렀다. 글의 방향을 좋아하는 음식으로 한정 지어 주자

훨씬 구체적이고 명료한 글이 쏟아져 나왔다.

다이안 디프리마^{Diane Diprima}의 시집 《저녁과 악몽^{Dinners and Nightmares}》은 음식에 대한 글쓰기를 음미할 수 있는 아주 좋은 예이다. 이 시집의 절반은 시인이 그동안 먹은 음식과 직접 준비한 정찬 모임, 그 정찬에 초대한 손님들의 이름 그리고 그 음식을 만들기 위해 장을 본 목록으로 채워져 있다. 또 그녀가 뉴욕 시에서 겨울 내내 오레오 쿠키만 먹고 지냈던 기가 막힌 이야기도 있다. 정말 잘 읽히는 글이다. 당신도 싫증 나지 않을 것이다. 우리는 모두 먹는 것을 좋아하지 않는가.

가장 좋아하는 음식에 대해 써 보라. 뭉뚱그리지 말고 구체적으로 음식 하나를 골라야 한다. 거기에 살을 붙여 나가자. 어디에서 누구와 같이 먹었는지, 어느 계절에 그 음식을 먹었는지 등의 세부 사항을 가능한 한 자세하게 묘사해야 한다.

글을 이런 식으로 시작해 볼 수도 있다. '화요일 아침 냉랭한 부엌에서 먹은 그 바나나, 나는 세계가 딱 멈추는 줄 알았다.' 음식에 대한 글은 무엇보다도 생생하며 구체적이다. 식탁, 줄무늬 식탁보, 맞은편에 앉아 있는 푸른 눈동자를 가진 나의 오랜 친구, 물컵, 치즈, 포크와 나이프, 도톰한 흰 접시, 녹색 샐러드, 버터 그리고 적포도주가 담긴 술잔…….

음식을 소재로 삼아 당신은 추억으로 돌아갈 수도 있고, 시간과 공간을 넘나들 수도 있으며, 아주 철학적인 생각을 표현할 수도 있다. 이스라엘로, 러시아로, 종교적인 장소로, 나무 사이로, 보도 위로 얼마든지 드나들 수 있다. 바로 당신 앞에 있는, 손으로 만질 수 있는 구체적이고 분명한 음식에서 글을 시작해 보라.

물론 여러분 중에는 사교적이지 못한 사람도 있을 것이다. 또 이제껏 정말로 근사한 음식을 먹어보지 못한 사람도 있을 것이다. 그렇다면 그냥 뉴욕 1번 가에 있는 당신의 싸구려 아파트 한 구석에서 썩어가는 치즈 샌드위치와, 바퀴벌레가 빠진 채 이틀이 지난 시커먼 커피에서 시작해 보자. 이것이 인생이니, 인생에서부터 시작하는 것이다.

외로움을 이용하라.

지난 밤 나는 정말 오래된 친구와 거실에 앉아 있었다.

"나탈리, 네가 외롭다고 말하는 것은 알겠어. 하지만 지난 주 내가 정말 외로웠을 때, 나는 이 세상에서 외로움을 느낄 수 있는 사람은 나 혼자뿐이라고 생각했단다."

이것이 고독이다. 만약 우리가 다른 사람들과 연결되어 있다고 느끼거나 나 말고도 외로운 사람이 있을 거라고 생각했다면, 우리는 외로움을 느끼지 않았을 것이다.

내가 남편과 별거를 하게 되었을 때, 카타기리 선사는 이렇게 말했다.

"당신은 혼자 살아가야 합니다. 혼자 사는 법을 배워야 해요. 그것이 당신의 궁극적인 주소지이니까요."

나는 반문할 수밖에 없었다.

뼛속까지 내려가서 써라

"하지만, 제가 고독에 익숙해질 수 있을까요?"

"아니요. 고독은 익숙해질 수 없습니다. 나는 매일 아침 냉수 샤워를 합니다. 그때마다 물의 차가운 기운에 펄쩍 놀랍니다. 하지만 나는 물줄기를 피하지 않고 계속 서 있습니다. 고독은 언제나 우리를 물어뜯습니다. 우리는 익숙해서가 아니라 그 속에 서 있을 수 있는 법을 배우기 위해 고독을 받아들이는 겁니다."

다음 해에 나는 다시 카타기리 선사를 찾아갔다.

"정말 힘들어요. 집에 들어가면 너무 외로워서 겁이 나요."

그는 내가 혼자 있을 때 무엇을 하느냐고 물었다.

"설거지를 하고 낮잠도 자고 종이에 뭔가 긁적거리다가 그림도 그리고 색칠도 하죠. 화초의 죽은 잎사귀를 떼어 내기도 하고 또 음악을 아주 많이 듣습니다."

나는 어느새 나 자신의 고립을 들여다보기 시작했고 거기에서 점점 흥미를 느꼈다. 그리고 고립되어 있는 자신과 싸우기를 그만두었다.

글쓰기는 지독하게 외로운 것이다. 누가 이 글을 읽어 줄까? 한 사람이라도 관심을 보일까? 한 학생이 물었다. "선생님은 자신을 위해서 글을 쓰세요? 아니면 독자를 위해 글을 쓰세요?"

예술은 의사소통이다. 고독의 쓸쓸한 맛을 본 사람은, 거기에서 혼자 외롭게 지내고 있는 모든 사람들에 대한 동지애와 연민을 배우게 된다. 그런 다음에는 비슷한 처지의 다른 누군가를 생각하고 그에게 당신의 인생을 알려 주고 싶다는 마음으로 작품을 끌고 나가게 된다. 당신의 글이 또 다른 외로운 영혼에게 닿을 수 있도록 손을 뻗으라. "이것은 지난 팔월 네브라스카 주를 횡단할 때, 초저녁 푸른 자동차 속에 혼자 앉아 있는 내 기분을 쓴 글이야."라고 말해 주라.

고독을 이용하라. 고독의 아픔은 당신에게 세상과 소통하고 싶다는 강한 욕망을 만들어 줄 것이다. 고독의 아픔을 받아들이고 그 고독을, 당신의 더 깊은 곳을 탐사하는 내시경으로 이용하라.

스스로에게 넌덜머리가 났을 때.

자기 자신과 자신의 목소리 그리고 쓰고 있는 작품에 넌덜머리가 날 정도로 지쳐버리는 시기도 찾아오게 마련이다. 이런 때는 아무리 둘러보아도 길이 보이지 않는다. 환경을 바꾸어 보겠다고 카페로 달려가도 결과는 마찬가지이다. 무언가 다른 방법을 찾아야 하는, 예를 들면 머리를 녹색으로 물들이고, 손톱에 자줏빛 매니큐어를 칠하고, 코걸이를 하고, 남자 옷을 입고, 이상한 파마를 해야 하는 때이다.

하나의 작은 자극이 때로는 위축된 창조력을 되살려 줄 때도 있다. 나는 글을 쓰기 위해 자리에 앉을 때 종종 담배를 무는 습관이 있다. 물론 그곳에 '금연'이라는 표지판이 붙어 있다면, 담뱃불을 붙이지는 않는다. 아무튼 내가 실제로 담배를 피우는 것은 아니기 때문에 담배를 물고 있다는 것만으로는 카페에서도 시비를 걸 수는 없다. 나에게 이 담배는, 그러니까 다른 세계를 꿈꾸게 하는 일종의 버튼이다. 만약 내가 진짜 애연가라면 담배가 그 정도로 도움을 주지는 못했을 것이다. 그러니까 평상시에 하지 않는 방법을 찾아 시도해 볼 필요가 있다는 뜻이다.

친구에게 검은색 가죽 재킷을 빌려 입고 오토바이 폭주족처럼 커피숍 내부를 왔다 갔다 하며 글을 써 보라. 새빨간 베레모를 쓰거나, 집에서 신는 실내화에 나이트가운을 입고, 일터에서 신는 긴 부츠를 신고, 농부들이나 입을 법한 목이 올라오는 스웨터를 입고, 성조기로 몸을 칭칭 감싸거나 아니면 머리에 플라스틱 컬을 감은 채로 돌아다녀 보라. 평상시에는 상상도 하지 않았던 모습으로 앉아서 글을 쓰는 것이다. 아니면 아주 커다란 도화지에 글을 써 보는 것도 좋다. 머리에서 발끝까지 온통 흰옷을 입거나 목에 청진기를 걸고서 글을 써 보라. 다른 시각으로 세상을 볼 수 있게만 된다면 얼마든지 파격적인 변신을 해도 좋다.

"뉴욕 전시장에서 그녀를 보았을 때, 나는 그녀가 뭔가 놓치고 있다는 생각이 들었어. 그녀는 네브라스카 주로 돌아가는 게 좋아. 자신의 근원으로 돌아가야만 해."

나는 우연히 한 친구가 다른 친구에게 하는 이야기를 듣게 되었다. 옳은 말이다. 만약 당신이 완전한 작품을 쓰고 싶다면, 당신이 처음 있었던 곳으로 돌아가야 한다. 부모님이 사는 집으로 돌아가 주말마다 외출 허락을 받기 위해서가 아니다. 자신이 어디에서 왔는지를 이해하기 위해서, 또 자신의 더 깊은 곳을 들여다보기 위해서 돌아가는 것이다. 그래서 자신의 근원을 명예롭게 여기고 그것을 껴안기 위해서, 아니면 적어도 인정하기 위해서라도.

글 쓰는 친구 가운데 이태리계 남자와 결혼한 여자가 있다. 그녀의 글에는 남편의 가족들이 식탁에서 대화하는 장면이 많이 등장한다. 나는 그녀에게 말했다.

"정말 멋진 소재야. 하지만 난 너의 친정 식구들에 대해서 듣기 전에는 이 글을 액면 그대로 믿지 못하겠어. 너의 원래 가족이 백인인지, 신교도인지, 상류층 사람인지 말해 줘. 난 정말 모르겠거든."

가끔 다른 사람의 인생만이 재미있고 내 인생은 무의미하고 재미없다고 생각할 때가 있다. 이렇게 자기중심을 놓쳐 버리고 자신이 가지고 있지 못한 것만 찾기 시작하면 우리는 균형을 잃어 한쪽으로 기울고 만다. 이 말은 오직 자신의 이야기만 써야 한다는 뜻이 아니다. 타인에 대해서 그렇듯 자신에 대해서도 너그러운 시선을 가져야만 한다는 뜻이다. 즉 '그들도 부자이고 나도 부자이다.'

선禪을 접하고 나서 몇 년이 지난 때였다. 나는 좌선에 들어갈 때마다 내가 유대인이라는 사실을 점점 더 강하게 의식하게 되었다. 카타기리 선생에게 이런 마음을 털어놓자 그가 말했다. "당연합니다. 당신이 내면 깊이 들어갈수록 당신은 점점 더 당신 자신이 되기 때문입니다."

나는 나에게 물려 준 유산에 대해 아는 것이 하나도 없으면서, 오만불손하게 나의 뿌리를 향해 등을 돌리고 있었다는 사실을 깨닫기 시작했다.

당신은 어디에서 태어났는가? 당신이 태어난 출생지는 글의 문체와 구조에 엄청난 영향을 미친다. 내가 쓴 글만 해도 히브리 기도문과 찬송의 리듬이 반복적으로 들어간다는 특징이 자주 눈에 띈다. 글을 쓰면서도 전혀 의식하지 못했던 부분이다.

우리 가족은 독실한 정통 유대교 신자는 아니었지만 나에게는 어린 시절 유대교의 축제 날 사람들이 몸을 앞뒤로 흔들면서 기도하는 것을 의아한 눈으로 지켜보았던 기억이 있다. 그때 히브리 언어만이 가지고 있는 음률이 감수성 많은 소녀의 몸속으로 그대로 파고들어 온 것이다. 그때 내가 들은 말이 물론 시는 아니었다. 하지만 그 말에는 하나의 언어를 위대하게 만드는 시와 똑같은 위력이 들어 있었다.

습작을 할 때 글의 리듬을 주시해 보라. 거기에는 교회의 예배에서나 들을 법한 가락이나 강렬한 로큰롤 리듬 또는 주정부 관할 경매장에서 들을 수 있는 특이한 리듬이 들어 있을지도 모른다. 비록 당신이 교회에서 목사와 신도가 번갈아가며 읽는 봉독奉讀 형식으로 글을 쓰지 않더라도, 당신이 봉독할 때 들었던 리듬은 언어와 감정에 각인되어 당신의 글에 뚜렷한 흔적을 남긴다. 글 속에 미묘하게 작용하는 리듬은 그 자체로 하나의 표현 수단이다.

가까운 가족이나 동료들이 사용하는 독특한 언어 습관이나 말투도 마찬가지이다. "아, 파란 옥수수!" 이것은 무거운 가방을 등에 짊어지고 가는 내 모습을 보고 텍사스의 어느 촌부가 한 말이었다. 또 내가 말도 안 되는 질문을 하면, 할머니는 늘 이렇게 대꾸하셨다. "말 한 마리가 오렌지 위에 누워 있다든?" 가족의 말투와 독특한 표현을 목록으로 작성해 두면 좋은 글쓰기 자료가 된다.

하지만 그저 머물기 위해서라면 집으로 가지 말라. 당신이 집에 가는 이유는, 궁극적으로 더 큰 자유를 얻기 위해서이다. 자신이 누구인지 확인하고, 그것을 더 이상 회피하지 않기 위해서 가는 것이다. 만약 당신이 무언가 회피하는 것이 있다면, 그것은 당장 글에 드러나게 될 것이다.

예를 들어 당신이 성性에 대해 불편한 감정을 가지고 있는 사람이라면, 당신이 직접적으로 불편한 심기를 드러내지 않아도 당신의 글 속에는 성에 대한 반감이 분명히 나타나게 된다. 주인공이든 곤충이든 동물이든 당신이 창조해 낸 인물들은 모두 성적 불쾌감을 가진 것으로 나타나거나, 또는 이와는 정반대로 당신은 언제나 창녀를 등장시키거나 포르노류의 글을 쓰게 될 것이다. 그러니 내면의 문제를 해결하여 더 큰 창조력을 발휘하도록 하는 것이 좋다.

하지만 명심하라. 뿌리로 돌아가는 것은 좋은 일이지만 그 뿌리에 고착되어서는 안 된다. 뿌리 위에는 가지와 잎사귀와 꽃이 있다. 이것들은 무한한 하늘을 향해 뻗어간다. 그렇게 되어야 한다.

나는 나의 뿌리를 찾고자 이스라엘에 갔을 때 내가 유대인이면서 또한 미국인이며, 페미니스트이고, 작가이며, 불교신자라는 사실을 깨달았다. 우리는 현대 사회의 생산물이며, 이 사실이 우리가 가지고 있는 재산이자 한계이다. 우리는 단 한 가지로 정의 내릴 수 있는 존재가 아니다. 그래서 우리의 뿌리를 파내기는 점점 더 힘들어진다. 그럼에도 불구하고 뿌리가 중요하다는 사실은 변하지 않는다. 우리는 자신의 뿌리가 묻힌 곳에서 발견되는 고통을 견디기 싫어서, 그것을 외면하는 가장 쉬운 방법으로 '도망'을 선택한다. 우리가 자신을 만들어 준 최초의 장소를 떠나는 이유가 바로 이 때문이다.

내가 처음 미네소타로 이사 왔을 때, 아주 멋진 시인인 짐 화이트가 내게 했던 말이 있다. "당신이 무슨 일을 하든지, 제발 종교적 색채를 띠는 작가는 되지 마십시오."

여러분도 지역주의라는 편협한 덫에 걸리지 말아야 한다. 종교도 마찬가지이다. 종교를 다루는 것은 좋지만 그저 다루는 데에서 멈추지 말라. 세상의 모습을 조금 더 가까이에서, 더 많이 볼 수 있는 기회로 만들라.

내 경우 유대교에 대한 공부를 시작하기로 결심했을 때 종교인들을 만나는 것으로는 만족이 되지 않았다. 나는 홀로코스트의 고통과, 이스라엘 역사 그리고 방황하는 내 동포의 모든 이야기를 직접 대해야만 한다는 강한 충동을 느꼈다. 이 시기에 나는 생전 처음으로 미국 바깥에서 벌어지는 인권 투쟁에 대하여 지대한 관심을 갖기 시작했다.

단 한 사람과 접촉하고 교제하면서도 인류 전체에 대한 연민을 배울 수 있다는 사실을 기억하자. 이스라엘에서 나는 인생이 얼마나 힘든 것인지 깨달았으며, 비단 유대인뿐만 아니라 아랍인들 또한 고통을 겪고 있다는 사실을 확인했다. 나를 만들어 준 뿌리를 들여다봄으로써 나는 같은 땅을 걷고 있는 다른 사람들의 고뇌를 피부로 실감하게 되었다.

그러니 집으로 가라. "우리 삼촌은 제 2차 세계대전 때 육군 대령이었어."라고 자랑하기 위해서가 아니다. 당신 가족과 친척들 속으로 조용하게, 그러나 분명하게 뚫고 들어가기 위해서 그리고 거기에서부터 모든 사람들이 인생과 투쟁하고 있다는 사실을 이해하기 위해서 고향으로 돌아가라.

정도의 차이는 있겠지만, 모든 작가들은 독자들에게 이해받기를 바란다. 그렇기 때문에 자기가 만든 작품을 세상에 내놓는다. 그러니 당신의 글을 읽을 독자에게 당신 심장의 더 깊은 곳으로 들어오는 기회를 만들어 주라. 당신은 가톨릭 신자, 남자, 남부 사람, 흑인, 여자, 양성애자 그리고 하나의 인간이 된다는 것이 어떤 의미인지 독자에게 설명해 주어야 한다. 당신은 이 모든 것에 대해 어느 누구보다 더 많이, 더 정확하게 알고 있다.

나는 누구인가? 또 내 글의 원천은 어디인가? 이것을 이해하고 다시 이것을 다른 이들에게 이해시켜 줄 때, 당신이 전달한 것은 비단 당신의 뿌리에 대한 편협한 기록이 아닐 것이다. 그것은 우리 모두의 근원에 대한 기록일 것이다.

뼛속까지 내려가서 써라

이
야
기

모
임

만
들
기
。

뉴멕시코 주 타오스에서 살 때 나는 종종 '이야기 모임'을 가졌다. 우선 가까운 지역에 살고 있는 친구들을 내 집으로 초대했다. 우리는 바닥에 동그란 원 형태로 앉았고, 나는 그 한가운데에 촛불 하나를 켰다. 촛불을 켜는 이유는 환상적이고 마술적인 분위기를 만들기 위해서였다. 그런 다음 사람들에게 물었다. "이제부터 여러분들이 정말 행복했던 한순간이 언제였는지 말하는 거예요."

주제는 그때그때마다 달라졌다. '당신이 가장 사랑하는 장소'에 대해서 또는 '너무 지친 나머지 모든 걸 포기했던 시절'에 대해서, 그 밖에도 '자신이 알고 있는 가장 이상한 이야기'나 '지난주에 일어난 가장 신비한 일' 등 주제는 무궁무진했다.

다음은 칠 년 전에 들었지만 아직까지 내 기억에 남아 있는 이야기들이다.

릭: 내가 어린 시절을 보낸, 뉴욕 주 리치몬트에 있는 집 뒤에는 아주 큰 느릅나무 한 그루가 있었습니다. 나는 여섯 살이었고, 내가 제일 좋아하는 그 나무의 맨 꼭대기까지 올라가서 놀곤 했죠. 늦은 가을이 되자 잎사귀가 모두 떨어지고 말았습니다. 나는 내가 좋아하는 가지에 등을 기대고 팔짱을 낀 채 누웠습니다. 나는 눈을 감았습니다. 바람이 불었습니다. 나뭇가지는 앞뒤로 흔들렸고, 내 몸도 따라 흔들렸습니다. 그 나무와 나눴던 사랑의 감정은 언제까지나 기억 속에 남아 있을 겁니다.

로첼란: 어느 해 여름, 나는 사 개월 동안 오레곤 주에서 삼림 감시원으로 일한 적이 있었습니다. 주위에 다른 사람이 아무도 없었기 때문에 그 해 여름 나는 거의 옷을 걸치지 않고 다녔습니다. 나는 점점 더 깊은 숲속으로 들어갔습니다. 여름이 끝나갈 무렵이 되자 내 몸은 새카맣게 그을었습니다. 팔월 말이었습니다. 나는 웅크린 자세로 열심히 산딸기 열매를 따먹고 있었습니다. 그런데 갑자기 혀 같은 것이 내 어깨를 핥고 있다는 느낌이 들었습니다. 소름이 오싹 끼쳤습니다. 나는 천천히 고개를 뒤로 돌렸습니다. 사슴 한 마리가 내 등에 맺힌 땀을 핥고 있었습니다. 나는 꼼짝하지 않았습니다. 그러자 사슴이 내 쪽으로

뼛속까지 내려가서 써라

더 가까이 다가왔고, 우리는 함께 산딸기를 계속 따먹었습니다. 그때 기분은 정말 짜릿했습니다. 동물이 이 정도로 나를 신뢰해 준다는 사실 때문이었죠.

브레트 : 일리노이 주 칸카키에 사시는 할머니 댁을 방문했던 일을 이야기하고 싶어요. 할머니는 여든두 살이었고, 우리는 사 년 동안 한 번도 만나지 못했습니다. 할머니를 무척 좋아한 나는 할머니를 만날 생각에 잔뜩 흥분해 있었지요. 이번에는 미리 알려드리지 않고 찾아가 깜짝 놀래 드릴 생각이었습니다. 그때 나는 미네소타에 살고 있었는데 무전여행으로 일리노이 주로 내려갔습니다. 내가 던킨 도넛 가게 맞은편에 있는 할머니 댁에 도착했을 때, 할머니는 뒷마당에 앉아 붉은 금어초를 가꾸는 중이었습니다. 나는 소리쳤습니다. "할머니!" 할머니는 고개를 돌리더니, 그저 "오, 브레트로구나, 잠깐 이리 와보렴. 네게 보여 주고 싶은 게 있어." 하고 말했습니다.

할머니는 금어초를 토끼 모양이 되게 접어서 내게 보여 주었습니다. 그런 다음 내 손을 잡더니 배나무 두 그루가 있는 곳으로 끌고 갔습니다.

"나는 이 나무에서 열린 배로 잼을 만들 생각이야." 어리둥절해서, 제가 이렇게 말했습니다.

"할머니, 우리는 사 년 만에 만난 거잖아요."

할머니는 손을 뻗어 배 하나를 따더니 내가 잘 볼 수 있도록 들어 보였습니다.

"그건 나도 알고 있단다, 얘야. 나도 네가 보고 싶었어."

우리는 집 안으로 들어갔고, 할머니는 마을 사람들이 모두 다 감탄하는 과일 푸딩을 손수 만들어 주셨습니다. 할머니는 내가 한 번도 곁을 떠난 적이 없었던 것처럼, 그렇게 나를 대했습니다.

정말 잊을 수 없는 이야기들이다. 우리는 누구나 이런 소중한 이야기를 하나쯤은 간직하고 있다.

친구들과 이야기 모임을 만들어 보라. 촛불 하나만 있으면 된다. 약물이나 술에 취할 필요는 없다. 일단 이야기가 쏟아지기 시작하면, 모든 사람이 매혹될 테니까 말이다. 그런 다음 나중에, 당신의 이야기를 글로 적어 보라. 글을 시작할 때는 이야기를 할 때처럼 꾸밈이 없어야 한다. 글을 시작하는 데에 애를 먹은 경험이 있다면 대화하듯 써 보는 것이 도움이 될 것이다.

벌거벗은 자만이
진실을 쓸 수 있다.

일주일에 하루 두 시간씩 팔 주 동안 만나는 글쓰기 워크숍이 막바지에 다다르면, 우리는 네 시간에 이르는 글쓰기 마라톤 시간을 가진다. 다른 사람들과 하루 종일 글쓰기 훈련을 가져 보는 것이다. 이렇게 하려면 한 가지 전제가 있는데, 그것은 수업에 참가하는 수강생 모두가 자진해서 하루를 내는 데에 동의해야 한다는 점이다. 모두가 찬성을 하면 다음에는 수업 스케줄을 짠다. 예를 들어, 십 분간 한 번, 이십 분간 두 번 그리고 마지막으로 한 시간 동안 글쓰기를 한다.

첫 번째 십 분간 모두가 글을 쓴다. 이 십 분이 지나면 각자가 썼던 글을 차례대로 읽는다. 글에 대해 비평하는 시간은 없다. 만약 인원이 많아서 읽는 시간이 너무 길어진다면, 발표하는 순

뼛속까지 내려가서 써라

서를 한 번씩 거른다. 한 회가 끝나면 자연스럽게 휴식 시간을 가지는데 이때에도 "정말 좋은 글이야."라든지 "당신이 무슨 말을 하는지 알겠어요."라는 식의 말은 하지 않는다. 여기에는 좋다 나쁘다 등의 칭찬도 비평도 없다. 그냥 자신이 쓴 글을 읽은 다음 다른 사람에게 차례를 넘기면 된다. 또 자신의 차례에 발표를 생략하는 것도 허용된다. 자기 차례를 자주 통과시키는 사람이 있더라도 괜찮다. 아무튼 수업은 자연스럽게 흘러가는 것을 우선으로 한다.

이 수업의 특징은 생각할 시간을 주지 않는 것이다. 쓰고, 읽고, 다시 쓰고 읽기 때문에 의식이란 것을 챙길 여지가 없기 때문이다. 모든 사람이 같은 배를 타고 있는 것이며, 어떤 비평도 이루어지지 않기 때문에 사람들은 자신이 쓰고자 하는 것을 무엇이든지 쓸 수 있다는 자유를 얻게 된다.

잠시 후 당신은 자신의 목소리가 해체되어 가는 느낌을 받기 시작한다. 자신이 무슨 말을 했는지 또는 교실 맞은편에 있는 누군가가 어떤 반응을 했는지조차 기억나지 않는다. 글을 발표하는 동안에는 어떤 평도 없기 때문에 꼭 하고 싶은 말이 있다면 다음 번 글 쓰는 시간에 그 사람에게 글로써 알려 주어야 한다.

다른 사람 작품에 평을 하지 않는 이 방식은 글로써 모든 것을 표현하겠다는 건강한 욕구를 만들어 준다. 말하고 싶은 에너지를 다음 번 글쓰기에 쏟아붓는 것이다. 쉬지 않고 쓰고 읽고 쓰고 읽기를 반복하는 이 방법은 내부의 검열관을 잘라 내는 데에 탁월한 효과가 있다. 또 마음속에 들어 있는 것이라면 무엇이든지 글로 나타내게 만드는 엄청난 자유를 허용해 준다.

우리는 또 종이에 한 가지씩 주제를 적은 다음 그것을 반으로 접어 교실 한가운데에 있는 상자 속에 집어넣기도 한다. 매회 글쓰기 훈련이 시작될 때마다 한 사람이 종이쪽지를 꺼내 주제를 읽는다. 반드시 그 주제에 맞추어 써야 하는 것은 아니지만, 그 주제에서 시작하고 그 주제에 매달리는 계기를 마련해 주는 것이다.

그리고 일단 이러한 글쓰기에 익숙해지면 당신은 어떤 주제가 나오든 간에 그 주제에 맞추어 글을 쓸 수 있다는 사실을 깨닫게 될 것이다. 또 그 주제를 다른 이야기를 시작하기 전의 발판으로 삼아도 괜찮다. 예를 들면 이런 식으로. '제목, 수영. 나는 수영을 아주 잘합니다. 하지만 수영에 대해서는 여기까지입니다. 내가 진짜 쓰고 싶은 이야기는, 먼 훗날 언젠가 내가 하얀 빛 속으로 들어갈 때…….'

맨 처음 마라톤 글쓰기를 하는 사람들은 매우 긴장한다. 쓸 말이 아무것도 없으면 어쩌지? 내가 과연 그렇게 긴 시간 동안 끝까지 글을 쓸 수 있을까? 의혹과 두려움은 누구나 마찬가지이다. 하지만 일단 글을 쓰기 시작하면, 당신은 시간이 너무도 빠르게 흘러간다는 사실과 더불어 '나는 하루 종일 글을 쓸 수 있는 사람이야!'라는 놀라운 사실을 발견하게 될 것이다.

뼛속까지 내려가서 써라

미네소타 주립대학에서 일주일 동안 글쓰기 워크숍을 진행한 적이 있었다. 열두 명의 학생들이 마라톤 수업에 참가했다. 그들은 그렇게 오랫동안 글을 쓴다는 것이 처음에는 불가능하다고 생각했다. 하지만 첫 수업이 끝났을 때 한 남학생이 기분 좋은 목소리로 말했다. "우리, 점심 먹고 난 다음에 마라톤 수업을 한 번 더 하죠."

일주일 내내 우리는 다른 일은 하지 않았다. 우리는 밤 열 시에 시작해서 새벽 한 시까지 글 쓰는 훈련을 하기도 했다.

이렇게 수업이 진행되던 어느 날 누군가가 상자에서 '첫 성경험'이라고 적힌 쪽지를 뽑았다. 그 주제는 어떤 한 여성에게 계속해서 글을 쓰게 만드는 좋은 계기를 만들어 주었다. 그녀는 첫 번째 성경험을 시작으로, 두 번째, 세 번째 그리고 그 다음의 성경험에 대해 계속 써 내려갔다. 그녀는 지금이 밤인지 낮인지도 모른 채 오직 손을 종이 위에 달리게 할 뿐이었다. 그녀는 분명 언젠가 빛을 발견하고 하나의 깨달음을 얻게 될 것이다.

마라톤 수업은 자신을 열어 보는 대단한 경험이다. 이 수업을 한 직후에는 벌거벗은 느낌, 제어력을 잃어버린 느낌이 들게 마련이다. 내 경우에는 이유도 없이 화가 치밀어 오르기도 했다. 자기 방어라는 외투에 커다란 구멍이 뚫린 기분. 벌거벗은 채 자신의 진짜 모습을 바라보고 서 있는 기분과 흡사하기 때문일 것이다.

마라톤 수업을 한번 하게 되면, 같이 마라톤 수업을 뛰었던 다른 사람들과 날씨 이야기나 작가가 되는 것이 얼마나 소중한 꿈인지 등등 그럴싸한 대화를 해 보려고 노력하지만 얼굴이 후끈 달아오르는 것을 어쩔 수 없다. 하지만 걱정하지 말라. 이런 상태는 오래가지 않을 것이고, 당신은 다시 고집쟁이로 돌아가고 외투를 입게 될 것이다.

마라톤 수업이 끝난 다음에는 삼십 분만이라도 혼자서 보내는 시간을 가지라. 이때는 되도록이면 육체적인 노동이나 목적이 있는 구체적인 행동을 하는 것이 좋다. 내 경우에는 마라톤 글쓰기가 끝나기 무섭게 설거지를 하거나 정원에 나가 흙을 파고 무언가를 미친 듯이 심는다. 바로 지난주에 내 집에서 마라톤 수업을 했는데, 학생들이 전부 나가기도 전에 나는 진공청소기를 꺼내서 우리들이 방금 전까지 앉아 있었던 거실의 먼지를 빨아들이고 있었다.

좌선을 한 직후에도 나는 종종 마라톤 수업이 끝났을 때처럼 벌거벗은 듯한 기분을 느낀다. 일주일 동안에 걸친 좌선이 끝나면 수련생들은 대개 다른 수련생들에게 절을 한 다음 방을 옮겨 다과를 나누는 시간을 갖는다. 오랫동안 침묵을 지켰던 긴 시간이 끝나고 드디어 서로에게 말을 할 수 있는 시간이 되면, 나는 언제나 아무도 내 얼굴을 알아볼 수 없도록 얼굴에 케이크를 짓이기고 싶다는 충동을 느낀다. 한 번은 좌선 명상이 끝난 직후 내 친구가 찾아와서 말했다.

"나탈리, 너도 알지? 난 피카소가 그린 입체파 그림 속에 나

뼛속까지 내려가서 써라

오는 여자가 된 느낌이야. 일시에 모든 차원의 벽이 무너져 활활 타오르는 것 같은 그런 기분 말이야!"

나 혼자서 오랜 시간 동안 글쓰기를 할 때도 이와 비슷한 감정이 찾아온다. 하지만 걱정하지 말라. 당연한 반응이다. 우리는 그렇게까지 자신을 열어 보이는 데에 익숙하지 않은 존재들이다. 자신을 벌거벗기고 해체시키는 기분. 하지만 이것도 괜찮으니 받아들이라. 벌거벗은 자만이 어느 것에도 왜곡되지 않는 진실의 목소리를 들을 수 있으므로.

누구에게나 천재의 목소리가 들어 있다.

글쓰기 수업을 할 때 자주 경험하는 아주 이상한 현상이 있다. 아주 뛰어난 글을 써 놓고도 정작 글을 쓴 사람은 그 글이 얼마나 좋은지 모르는 현상이다. 나와 다른 학생들이 아무리 칭찬해도 소용없다. 그 글을 쓴 사람이 좋은 글이라고 인정하지 않으면 그만이다. 그는 사람들이 왜 저럴까 하고 멍청하게 쳐다보기만 한다. 그리고 나중에 다른 사람들을 통해, 그가 자신이 쓴 글에 대해 조금도 확신을 가지지 못한다는 말을 전해 듣게 된다. 내가 이런 현상을 관찰하게 된 것은 아주 오래전부터이다. 자신이 좋은 글을 썼다는 사실을 깨닫지 못하는 사람을 보면, 나는 학대를 받거나 짓밟힌 사람을 볼 때보다도 더 심한 안타까움을 느낀다.

뱃속까지 내려가서 써라

우리 안에 들어 있는 목소리를 글로 표현하는 것은 물론 어려운 일이다. 그 일이 어렵다는 사실에 대한 선입견이 어찌나 강한지, 많은 사람들은 내면의 목소리를 성공적으로 글로 옮겨 놓고 나서도 그 사실을 받아들이지 못한다. 모든 사람이 셰익스피어 같은 대문호라는 말이 아니다. 누구에게나 정직한 고결함과 세심함으로 자신의 인생을 표현해 내는, 천재의 목소리가 들어 있다는 말이다. 그런데 우리가 가지고 있는 위대한 능력과 스스로를 바라보는 시각 사이에는 엄청난 간극이 있고, 바로 그 때문에 자신의 글이 우수하다는 것을 인정하지 못하는 것이다.

육 년 전 미네소타 선원에서 주최한 팔 주간 글쓰기 워크숍을 진행했을 때 나는 이 사실을 처음 알았다. 우리는 어린이들이 작문하듯이 가능한 한 단순한 단어로 가족에 대해 쓰기로 했다. 시간은 십오 분이었다. 참가 인원은 나까지 포함해 모두 열두 명. 시간이 되자 모두가 방금 썼던 글을 발표했다. 나는 마지막 발표자였다. 나의 글은 할머니에 대한 이야기였다. 할머니가 물을 마시는 모습, 자녀를 키워내기 위해 고생했던 이야기 그리고 세상을 떠날 때 양말 한 짝, 살라미 소시지 한 덩이, 소금 한 톨도 남기지 않았다는 이야기를 적었다. 내가 이 글을 읽고 난 후 교실은 아주 오랫동안 침묵만이 흘렀다.

갑자기 나는 교실을 둘러보았다. 모두가 나를 신기하게 쳐다보고 있었다. 나는 그들이 또 다시 실전 연습에 들어가기를 기다리고 있음을 알았다. 그들 중 어느 누구도 자신이 방금 썼던 글에 만족하지 않은 것이 분명해 보였다.

"여러분들은 지금 당장이라도 살아 있는 글을 쓸 수 있어요, 그렇죠?"

학생들은 계속 나를 쳐다보기만 할 뿐이었다.

교사로서 내가 말하는 모든 것은, 궁극적으로 학생들이 자신의 목소리를 믿고 거기서부터 우러나온 글을 쓰게 하기 위해서이다. 이 목표에 이르기 위해 나는 여러 각도로 다양한 방법을 시도해 본다. 그러나 내가 가르치는 것은 칠면조 구이 위에 드레싱을 뿌리는 것이 전부이다. 칠면조는 학생들 스스로 마련해야 한다.

두 가지 예가 떠오른다. 한 여자 시인이 있었다. 그녀는 많은 사람들에게 사랑을 받는 아주 좋은 사람이었다. 나는 그녀를 '미네소타의 연인'이라고 불렀다. 그녀가 마지막으로 글을 발표했을 때, 교실은 물론이고 복도에까지 사람들로 가득 찼다. 발표회는 성황리에 끝이 났다. 그녀는 모두가 자신의 시를 매우 좋아한다는 사실을 알게 되었고, 이 사실이 너무 부담스러웠다. 훗날 그녀는 그때 집으로 돌아가는 마음이 아주 불편했다고 털어놓았다. "나는 내 작품으로 다른 사람들에게 또 바보짓을 하고 말았어요."

다른 예는 일요일 저녁 반을 수강하는 소설가였다. 장편을 쓰는 그녀는, 잡지사의 부편집장이자 성공적인 희곡 두 편을 발표한 작가이기도 했다. 그 중 하나는 〈미네아폴리스 트리뷴〉

지에서 '비평가가 뽑은 화제작'으로 선정되었다. 그녀는 글쓰기 워크숍 기간 동안 아주 뛰어난 소품들을 만들어 냈다. 나는 그녀도 자신의 작품이 얼마나 좋은지 잘 알고 있으리라 확신했다. 무엇보다도 그녀는 이미 글쓰기를 경험한 작가였기 때문이었다.

한 달 후 그녀와 아침식사를 하는 자리가 만들어졌다. 내가 먼저 그녀의 작품 중 하나에 대해 이야기를 꺼냈다. 그녀는 내가 그 작품을 좋게 평가한다는 사실에 무척 놀라워했다. 나 또한 그녀가 자신의 작품을 제대로 평가하지 못하고 있다는 사실에 무척 놀랐다. 사실 그 작품은 '좋다'라는 말로는 부족할 정도로 훌륭한 작품이었다. 나는 그 소설에 대해 자신의 모습과 인생을 솔직하게 드러낸 작품이라고 평해 주었다. 그녀는 이렇게 말했다. "그런 종류의 글은 선생님이나 쓸 수 있죠." 그녀는 자신이 쓴 글을 제대로 보지 못하고 있었다.

카타기리는 이렇게 말한 적이 있다.

"우리 모두가 부처입니다. 나는 당신이 부처라는 것을 압니다. 당신은 내 말이 믿어지지 않겠죠. 자신이 부처임을 자각할 때, 당신은 깨어나는 것입니다. 그것이 바로 깨달음입니다."

자신의 인생이 무엇인지 알고 그 가치를 올바로 이해하기란 절대 쉬운 일이 아니다. 남들에게 보이는 모습으로 자신을 이해하는 것이 훨씬 쉽다. 하지만 우리가 자신이 좋은 글을 썼음을 인정하게 될 때, 우리는 우리 속에 들어 있는 진정한 재능과 그것을 바라볼 수 있는 능력 사이를 가로막던 장애물을 치워버릴 수 있다. 그렇기 때문에 우리는 지금 우리가 하는 이 작업이 아름답고 창의적인 인간의 작업이라는 사실을 끌어안아야만 한다. 때로는 시간이 지난 후에야 이 사실이 보일 때가 있다. "아, 그때 나는 정말 괜찮았어." 하지만 그건 이미 지나간 일에 대한 깨달음일 뿐이다. 우리는 너무 늦게 깨달은 것이다.

그렇다고 해서 자신을 과장하는 허풍쟁이가 돼라는 말은 아니다. 내 말은, 우리 안에는 누구나 뭔가 천재적인 것이 들어 있으며 그것을 바깥으로 발산시켜야만 한다는 뜻이다. 내면에 있는 풍요로움을 외부에 있는 작품으로 연결시키는 것. 이것이 예술가들이 바라마지 않으면서도 다가서기 힘든, 고요한 평화와 확신을 얻는 열쇠이다.

"작품도 형편없고 나도 형편없다."라거나 "작품은 좋은데 나는 나쁘다." 또는 "작품은 나쁘지만 나는 좋은 사람이다."라는 말은 하지 말라. "나는 좋은 사람이다. 그렇기 때문에 나에게는 좋을 글을 막는 벽을 뚫고 나가 그 글이 바로 나 자신임을 주장할 능력이 있다."라고 말하라. 이것이 우리가 맨 먼저 떼어 놓아야 할 첫걸음이다. 이것이 우리가 채워 나가야 할 내용이다. 우리는 좋은 사람이고 더불어 우리의 작품도 훌륭할 때, 그것이 좋은 것이다. 우리는 이 사실을 분명히 알고 그것과 함께 서 있어야 한다.

작품을 평가하는 스스로의 잣대를 가져라.

화요일 수업에서는 두 장 분량의 일기를 텍스트로 삼는다. 지난 주에는 내가 쓴 일기가 텍스트였다. 내가 이것을 고른 이유는 몇 달 전에 썼던 시 때문이었다. 그렇게 대단한 시는 아니었다. 아주 조용한 시였다. 그것이 시라는 사실조차 알아내기 어려운 시였다. 당신의 노트에도 당신을 또 다른 세계로 이끌어가는 모호한 노래들을 적은 경험이 있을 것이다.

　나는 일주일 전에 이 일기 복사본을 학생들에게 미리 나누어 주었다. 학생들은 내가 쓴 시를 찾아내야 했다. 또 시가 보이지 않으면 보이지 않는다고 말할 권리도 학생들에게는 있었다. 어떤 학생들은 이렇게 말했다. "선생님, 도대체 뭐가 시라는 거죠? 시는 하나도 없는걸요. 모두 쓰레기 같은 글이잖아요."

대여섯 명의 학생들만이 시를 찾아냈다고 말했다. 하지만 학생들마다 시라고 생각한 부분이 달랐다. 모두 네 가지 변형 판이 나왔다. 어떤 학생은 일기 첫 부분에서, 또 다른 학생은 중간에서 그리고 심지어 복사를 잘못해서 우연히 여러 행들이 중첩된 부분에서 시를 보았다고 주장한 학생도 있었다. 하지만 모두가 인정하는 한 줄이 있었다. '당신이 어디에 가든지 거기에는 뉴멕시코의 산이 있다.'라는 부분이었다. 학생들이 골라낸 변형판 모두가 그럴싸하게 들렸다. 내가 시라고 뽑아낸 것을 포함해 위대하다고 할 만한 시는 아무것도 없었지만 말이다.

한 작품을 백 사람이 읽으면 백 개의 서로 다른 의견이 나올 수 있다. 꼭 백 개까지는 아니더라도 상당히 많은 의견이 나오리라는 것만은 틀림이 없다. 보는 시각과 관심의 초점이 다르기 때문이다. 당신은 다른 사람들이 하는 말을 경청해야 한다. 그들의 말을 그대로 받아들여라. 그런 다음에 결정을 내려라.

이때 나오는 것이야말로 당신의 참다운 작품이고 목소리이다. 여기에는 불변하는 규칙 같은 것은 없다. 작품은 자기 자신과의 관계를 드러내기 때문이다. 당신이 말하고자 했던 것은 무엇인가? 자신의 어떤 점을 드러내고 싶은가?

작품 속에서 발가벗는다는 것은 자신을 조절하지 않는다는 것이다. 좋다. 우리는 어떤 식으로든 자신을 통제하지 않는다. 사람들은 당신을 있는 그대로 보게 된다. 때로는 자신이 무슨 짓을 했는지 이해하기도 전에 자신을 노출할 때도 있다. 그러면 마음이 아주 힘들어진다. 하지만 더 고통스러운 일은 얼어붙어서 아무것도 노출하지 못하는 것이다. 얼어붙으면 나쁜 글밖에 나오지 않는다.

작품을 평가하는 가장 좋은 방법은 시간을 두고 읽어 보는 것이다. 만약 확신이 생기지 않는다면 잠시 미루어 두라. 그리고 육 개월 후 다시 작품을 읽어 보라. 무언가 더 분명하게 보일 것이다. 어쩌면 아무도 관심을 주지 않지만 당신의 눈에는 정말 마음에 드는 시가 보일지도 모른다.

나는 창문에 대한 시를 한 편 썼는데, 아무도 이 시를 시의 범주에 넣어 주려고 하지 않았다. 하지만 나는 이 시를 보석처럼 빛나는 시라고 생각한다. 그래서 사람들이 당신의 작품 중 노벨문학상 후보감이 무어냐고 묻는다면, 나는 이 시를 꺼내 스스로 만족하겠다.

만약 육 개월이 지난 후 다시 읽었을 때에도 작품에 대한 확신이 들지 않을 수 있다. 그렇다고 낙담하지 말라. 당신이 쓴 좋은 부분은 이미 당신을 위한 퇴비가 되기 위해 발효되고 있기 때문이다. 언젠가는 무언가 좋은 것이 되어 밖으로 나올 것이다. 인내심을 가지라.

사무라이가 되어 써라.

글쓰기 워크숍에서 나는 우리에게 사무라이와 같은 부분이 있으며, 그 능력을 잘 활용해볼 것을 가르치기도 한다.

사무라이 작업은 이렇게 시작된다. 수강생 가운데 한 명인 톰이 마무리가 허술한 작품을 복사해 왔다. 우리 모두는 톰의 작품을 다루기 시작했다. 먼저 우리는 작품의 에너지가 있는 부분을 찾는다.

우리는 그 에너지가 들어 있는 세 번째 문단을 다루는 데에 잠시 시간을 보냈다. 그리 긴 시간은 아니었다. 아마 삼 분 정도 걸렸을 것이다. 그 정도면 충분했다. 톰이 쓴 세 번째 문단에는 에너지가 있었다. 하지만 뜨겁지 않았다. 톰에게 기대할 수 있는 에너지의 절반에도 미치지 못했다. 나는 톰에게 말했다.

"그래요, 당신의 세 번째 문단에는 에너지가 있어요. 이것과 잠시 싸우는 일은 좋아요. 당신의 미래를 위한 씨앗을 심는 데에 도움이 될 수는 있겠죠. 하지만 당신은 몇 주일 안에 다시 이 문제로 돌아오게 될 것이고 그때 이 씨앗이 충분히 썩지 못했다는 사실을 알게 될 겁니다. 지금까지 우리가 했던 공부도 바로 이걸 알기 위해서였죠. 계속해 보세요."

그날 처음으로 수업에 들어온 셜리가 끼어들었다.

"잠깐만요. 사무라이가 뭐죠?"

톰은 그녀에게 고개를 돌리고 쌀쌀맞게 대답했다.

"불필요한 부분을 잘라내라는 뜻입니다!"

사무라이 세계에서는 거칠어지지 않으면 안 된다. 그것은 야박하다는 뜻이 아니라 단단한 진실과 함께 서 있어야 한다는 뜻이다. 그리고 그 진실은 어떤 상황에서도 절대 상처 입힐 수 없는 진실이다. 이 진실이 세상을 더욱 명료하게 만들고 시를 빛나게 한다.

예전에 잘못된 시 하나를 놓고 이십 분 동안 비평하면서 수업을 한 적이 있었다. 이런 일은 정말 우스꽝스러운 짓이다. 쓸데없는 시간 낭비이다. 말은 이미 죽었는데 계속 달리라고 채찍질하는 것이나 진배없다. 당신은 볼품없는 그 시를 쓴 사람이 또 다른 시를 쓸 것이라고 믿어야 한다.

윌리엄 칼로스 윌리엄즈는 후배 시인인 앨런 긴즈버그^{Allen Ginsberg}에게 이런 말을 했다. "만약 그 시에 한 줄이라도 에너지가 있다면, 그 한 줄만 빼고 나머지는 모두 잘라 버려도 좋다." 그 한 줄이 바로 시라는 뜻이다. 시는 생명력의 그릇이다. 한 줄 한 줄이 반드시 살아 있어야 한다. 작품을 쓸 때 이런 부분은 간직하고 나머지는 잘라내 버려라.

솔직할 수 있는 용기도 가져야 한다. "이 시에는 좋은 재료가 들어 있는데도 잘 연결되지 않았어." 그렇게 계속 해보는 것이다. 앨런 긴즈버그는 콜롬비아 대학에 있을 때 주임 교수이자 문예 비평가인 마크 반 도렌을 찾아가 이렇게 말했다. "왜 선생님은 이제 비평해 주시지 않습니까?" 마크 반 도렌이 대답했다. "작품이 싫은데 무언가 말해 줘야 한다는 그런 귀찮은 짓을 내가 왜 하겠나?"

글쓰기를 하다보면 안개에 싸여 있는 마음을 뚫고 무언가 선명한 것이 표면으로 올라올 때가 있다. 하지만 우리 글에 에너지가 생겼다고 해서 모두 가치 있는 작품을 썼다고 자신하지는 말라. 절대 그렇지 않다. 그것은 토요일 저녁 늦게까지 술을 마시고 취중에 쓴 낙서에 불과할지도 모른다. 일요일 아침 깨어나서 보면 얼굴을 화끈거리게 만들지도 모른다.

자신이 쓴 글에서 어느 부분이 살아 있고 깨어 있는지 아는 것은 매우 중요하다. 우리의 글이 계속 타 들어가 환한 빛을 내는 그 지점이 결국 하나의 시와 산문이 된다. 그리고 이 차이는 누구나 알 수 있다.

완전히 태워버린 것, 첫 생각에서부터 시작된 것만이 모든 사람을 깨우고 모든 사람에게 힘을 줄 수 있다. 누군가 정말 뜨거운 작품을 읽을 때, 그것이 듣는 모든 사람을 흥분시킬 수 있다는 사실을 나는 수업을 하면서 많이 보아왔다.

자신의 작품을 솔직하게 쳐다보라. 무언가 살아 있는 것이 있다면, 그것은 된 것이다. 만약 제대로 되지 않는다면 죽은 말에 채찍질하는 짓은 멈추라. 다른 글을 쓰라. 무언가가 나타날 것이다.

나쁜 글은 세상에 이미 너무 많다. 그래서 좋은 글을 단 한 줄만 써도 당신은 유명해질 것이다. 미적지근한 글은 사람을 잠들게 만든다.

고
쳐
쓰
기
。

자기가 쓴 글을 쓰자마자 다시 읽어 보지는 말라. 자기가 쓴 글을 다시 읽어보기 전에는 잠시 시간을 두고 기다리라. 작품에 거리를 두고 객관적으로 볼 수 있으려면 시간이 필요하다. 한 달 정도 걸려 노트 한 권 분량의 글을 썼다면, 이제는 마치 다른 사람의 글을 대하듯이 처음부터 끝까지 다시 읽어보아야 한다.

읽을 때는 항상 호기심을 가져야 한다. '이 사람이 하려는 말은 무엇인가?' 작품을 처음으로 대하듯 여유 있는 마음으로 읽자. 건너뛰지 말고 한 페이지씩 차례대로 읽어라. 글을 쓰던 당시에는 아둔하게 느껴졌던 것들도 다시 읽을 때는 나름대로의 패턴과 리듬을 보여 줄지도 모른다. 내가 썼던 습작노트를 다시 읽을 때마다 나는 그 글들이 내가 보고 듣고 느낀 하나의 생명체라는 사실을 새삼 실감하게 된다.

자신이 쓴 글을 다시 읽어보는 것은 자신의 정체성을 재확인하는 기회이다. 왜냐하면 당신은 조금 전까지만 해도 글쓰기란 생활에 전혀 도움이 안 되는 시간 낭비가 아닐까 하는 회의에 빠져 있었기 때문이다. 그런데 당신은 이제 자신의 소박한 인생에 매료되어 자리를 떠날 줄 모르게 된다. 평범한 존재를 특별한 존재로 만들어 주는 것, 이것이 바로 예술이 가진 위대한 힘이다. 우리는 우리가 살고 있는 인생이 무엇인지 깨닫게 된다.

작품 전체를 다시 읽어보는 것에는 당신 마음의 움직임과 변화를 읽을 수 있다는 장점도 있다. 당신은 어느 시점에서 앞으로 계속 밀고 나갔어야 했는지, 언제 게으름에서 빠져나왔어야 했는지 한눈에 알게 된다. 당신이 지루함을 느꼈던 시절이 언제였는지, 또 별 뾰족한 방법이 없는데도 무조건 자신이 쓴 글에 불평을 늘어놓지는 않았는지 솔직하게 들여다보라. "난 내 인생이 증오스러워. 너무 추해. 아아, 돈이 많으면 얼마나 좋을까!" 이제 당신은 끝없는 불평의 심연 속에서 방황하기보다는 글을 쓰는 행위로 빨리 돌아갈 수 있을 것이다.

때로는 글쓰기 훈련 동안에는 자신의 글이 얼마나 좋은지 모르고 그냥 쓸 때도 있다. 나 역시 노트를 읽다가 '내가 언제 이런 멋진 글을 썼지?' 하는 생각이 들 때가 있다. 우리의 의식과 마음은 항상 제어할 수 있는 것이 아니다. 어느 날 아주 지쳐서 썼던 글이 한 달 후에 다시 읽어보니 너무도 아름다운 시였음을 문득 발견하는 기쁨이란!

한 번은 내 작업실에서 글을 쓰고 있는데 왠지 모르게 기분이 가벼웠다. 나는 자신에게 계속 물어보았다. "뭐가 그렇게 행복해? 하루 종일 좋은 글은 한 줄도 못 쓴 주제에 말이야." 나흘이 지난 뒤 수업을 하는 날이었는데, 학생 중 한 명이 용감하게 나에게 물었다. '선생님도 쓰레기 같은 글을 많이 쓴다'는 사실을 어떻게 증명하겠냐는 것이었다. 그때 나는 '그래, 그날 작업실에서 썼던 글이라면 확실하게 증명이 되겠지.'라고 생각했다. 그래서 나는 그날 쓴 글을 꺼내서 읽어 주기 시작했다. 하지만 놀랍게도, 그날 내가 쓴 글은 이별이나 죽음으로 내 인생을 스쳐 지나간 모든 사람들을 불러내는 아주 감동적인 소품이었다. 글을 읽는 내 목소리까지 떨리고 있었다. 나 자신도 깜짝 놀랄 일이었다.

그날 나는 작업실에서 도저히 좋은 글을 쓸 수 없을 거라는 절망적인 생각에 빠져 있었다. 하지만 앵앵거리는 모기떼 같은 이런 자기비판적인 생각 아래서도, 내 손은 첫 생각을 기록하고, 그 순간을 옮겨 놓기 위해 끊임없이 움직이고 있었던 것이다. 이런 일은 누구에게나 일어날 수 있다. 우리에게는 지치지 않고 지껄여대는 내면의 비평가를 무시하고 계속 종이 위에 손을 움직이게 할 능력이 있다. 의식은 귀찮게 구는 모기떼에 항상 바쁘게 쫓겨 다니기 때문에 우리가 쓴 글이 사실은 굉장한 작품이라는 것을 알아차리기 힘들다. 하지만 그날 작업실에서

뼛속까지 내려가서 써라

글을 쓰고 있을 때 나는 무언가가 이루어지고 있다는 것만은 의식했던 것 같다. 나는 괴로워하면서도 내내 콧노래를 불렀다.

산만한 정신을 뚫고 지속적으로 글쓰기를 하는 것이야말로 진정한 훈련이다. 한 달 후 당신은 그 시절 당신이 썼던 노트를 읽으며 그 글의 훌륭함을 깨닫게 될 것이다. 당신의 무의식과 의식이 만나 서로를 깨닫고 하나가 되는 시점이다. 이것이 작품이다.

다시 읽는 도중 좋은 글이 보이면 동그라미 표시를 하라. 때로는 한 페이지 전체가 빛나는 글일 수도 있다. 이런 글은 다음 작품의 도입 부분으로 이용하거나 또는 그 자체를 하나의 시로 삼아도 좋다. 좋은 부분들을 타이핑해 놓으라. 흰 종이에 검은 활자로 만들어 놓으면 그 작품이 사람들의 관심을 끄는지 알아보기가 한결 쉬워진다. 오점이 있는 곳, 다시 말해 당신 마음이 들어가 있지 않은 부분은 떼어내라. 하지만 단어를 수정하지는 말라, 왜냐하면 이것은 자신의 목소리를 믿는 능력을 심원화心願化하는 훈련이기 때문이다.

만약 글을 쓸 때 당신이 진정으로 글 속에 있었다면, 글로써 나타나게 마련이다. 이제는 허영심을 만족시키기 위해서 우리가 썼던 언어들을 더 그럴싸한 다른 언어로 고치거나 조작할 필요가 없다. 글쓰기를 벌거벗는 것이라고 하는 이유가 바로 이것이다. 다시 읽는 과정에서 우리는 자신을 바라보는 시각을 얻게 되고, 자신을 있는 그대로, 조금도 과장하거나 공격하는 일 없이 그저 수용하는 기회를 만들 수 있다. '난 행복하지 않아.' 이런 글을 쓰지 않겠다는 다짐도 하지 말라. 그것이 그때의 감정이었다면 아무 판단 없이 그대로 받아들이면 된다.

물론 편집이나 수정을 해야 할 부분은 자연히 있게 마련이다. 하지만 다음의 태도는 곤란하다.

"그래요, 나는 내 안에 있는 창작자를 마음껏 풀어 놓아 주었어요. 하지만 이제는 적절하게, 관습에 맞게, 이성적인 상태로 돌아가서, 마지막으로 질서를 부여해야겠어요."

당신이 만약 이런 생각을 한다면 그것은 스스로 함정을 파겠다는 것과 똑같다. 고급 순모 정장을 차려 입은 문학박사 출신의 비평가들을 스스로 불러 모아 모든 걸 트집 잡게 하겠다는 것이다. 이런 짓은 하지 말라. 순모 정장을 입고 있는 그 사람은, 어떤 방법으로든지 사물을 근사하게 조정해 보려는 허영심의 추악한 변형일 뿐이다. 그 허영심 때문에 당신의 글이 조작되어서는 안 된다.

그 대신 작품을 다시 돌아볼 때에는, 지금 이 순간 마음에 들지 않는 것은 무엇이든지 잘라 버릴 수 있는 용기를 지닌 전사, 즉 사무라이가 되어야 한다. 미련 없이 적을 잘라 내는 사무라이처럼 자신이 쓴 글을 다시 읽을 때는 기꺼이 감상을 버려야 한다. 깨끗하게 본질을 꿰뚫는 마음으로 자신의 글을 쳐다보라. 하지만 글에 간섭하고 싶고 좀더 특별하게 만들고 싶은 것이 인간의 본성이다. 그렇다면 당신의 에고에게 할 일을 만들어 주면 된다. 작품을 타이핑하고, 봉투에 주소를 적고, 우표에 침을 묻히는 일을 시키면 된다. 단지 작품에는 손을 대지 못하게 하라.

원고 수정 작업은 '새롭게 다시 상상하는 것'이다. 당신이 쓴 글에 모호한 부분이 있다면, 먼저 전체 그림을 다시 본 다음 그것과 조화를 이루도록 세부 묘사를 첨가하면 된다. 이때에도 십 분, 이십 분 식으로 시간을 정해 놓고 수정에 들어간다. 원래 작품에서 나온 두 번째, 세 번째, 네 번째 이야기를 다시 써 보자.

예를 들어, 파스트라미(소의 홍두깨살을 훈제한 햄의 일종)에 대해 쓰고 있다고 하자. 맨 처음 글쓰기는 좋았지만, 같은 주제에 대해 할 말이 더 남았을 수도 있다. 하루고 이틀이고 일주일이고, 파스트라미에 대한 글을 몇 개 더 써보는 것이다. 똑같은 일을 반복하고 있다고 자신을 탓하거나 걱정하지 말라. 지금껏 쓴 글들을 모두 읽어보고 좋은 부분들만을 골라 조합시켜 보라. 자신이 쓴 글 중에서 강하게 끌리는 내용만을 잘라서 이어 붙이는 것이다.

고쳐쓰기를 할 때에도 처음 글을 쓸 때처럼 제한된 시간 안에서 훈련하는 규칙을 이용해야 한다. 이런 방법이 전에 썼던 작품과 관계를 맺는 데에 도움이 된다. 정리되지 않은 생각 속에 빠져서 첫 생각이 윙윙거리는 모기떼에게 피를 빨아 먹히기 전에 재접촉을 시도하는 것이 훨씬 낫다. 첫 생각과의 재접촉은 고쳐쓰기를 위한 훨씬 효율적인 방법임과 동시에 에고의 참견을 피하는 방법이기도 하다. 이런 고쳐쓰기 방법은 단편, 에세이, 장편의 어느 부분에든 그대로 적용할 수 있다.

때로는 습작 노트를 전부 다 읽어 봐도 그럴싸한 글이 단 한 두 줄에 불과할 수도 있다. 그렇다고 낙심할 것은 없다. 단 한 번의 경기를 위해 많은 시간을 들여 연습하는 축구 선수들을 기억하라.

자신이 쓴 글 중에서 좋은 부분은 표시를 해두라. 이것들을 글감 목록에 적어 두면 다음번에 다시 글을 쓸 때 그 중 하나를 잡아서 새롭게 시도해볼 수 있다. 또 표시를 해둔 글은 그 문장에 대한 기억을 강화해 훗날 필요한 상황에서 무의식적으로 그 문장이 떠오르도록 만든다. 이렇게 서로 떨어져 있던 별개의 부분들이 뭉쳐져서 어느 날 갑자기 하나의 놀라운 작품이 탄생할 수도 있다.

스즈키 선사는 샌프란시스코 선원의 설립자이자 《선심초심》을
쓴 작가이다. 훌륭한 선승이었던 그는 1971년 암으로 세상을 떠
났다.

　우리는 흔히 유명한 승려들이 위대한 공허 속으로 들어가는
순간에는 무언가 아주 근사하고 영감을 불러일으키는 말, 예컨
대 '오, 빛이!' 또는 '항상 깨어 있으라!' 또는 '인생은 영원하
다!' 등의 명언을 남기리라 기대한다.

　그러나 스즈키 선사가 열반하기 바로 직전, 오랜 도반이었던
카타기리 선사가 그를 방문해서 들은 말은 그와 달랐다. 스즈키
선사는 침상 옆에 서 있는 카타기리를 올려다보며 이렇게 말했
다고 한다.

"난 죽고 싶지 않네."

간단하면서도 이처럼 진한 진실이 어디 있는가. 그는 그 순간의 느낌을 아주 쉬운 말로 고백한 것이다. 카타기리는 그에게 절을 했다.

"스승님이 보여주신 위대한 노력이 고마울 뿐입니다."

카타기리는 위대한 작품 앞에 서게 되면 평화로움을 느낀다는 말을 자주 한다. 미술가가 명화를 보면 자신도 명화를 그리고 싶다는 충동을 받는다. 예술가는 생명력을 발산하고, 영적인 사람은 평화를 발산한다. 하지만 카타기리는 이 영적인 사람들이 평화를 느끼게 되기까지는 지난한 삶의 노력과 그 순간을 움직이는 우연성이 뒷받침되어야 하며, 예술가들이 생명력 있는 작품을 얻기까지는 보이지 않는 곳에서 고요한 평화와 접촉해야만 한다고 말한다. 그리고 이 접촉을 이루지 못할 경우 예술가는 파멸한다고 했다. 사실 알코올 중독과 자살, 정신병으로 스스로를 파멸시킨 예술가들이 너무도 많지 않은가.

그러므로 작품에 매여 아무리 바쁘더라도, 우리는 평화의 장소에서부터 나온 것으로 불타는 생명력을 만들어 내야만 한다. 그래야만 우리가 이야기 중간에 흥분해서 날뛰다가 이야기를 끝내지 못하거나 영원히 책상을 떠나는 일이 없을 것이기 때문이다.

우리는 스즈키 선사가 죽음을 앞두고 내뱉은 "난 죽고 싶지 않네."라는 말 속에 쓸쓸하지만 명료한 진실이 들어 있음을 알

뼛속까지 내려가서 써라

아야 한다. 분노나 자기 연민, 자기 비난이 아니라, 우리가 누구인가라는 진실을 수용해야 한다.

만약 우리가 글쓰기를 통해 이런 경지에 오를 수 있다면, 우리는 우리를 계속 작가로 지켜 주는 골인 지점에 들어갈 수 있을 것이다. 그리고 뉴욕이나 뉴저지의 책상 앞에 있지 않고 티베트의 고원에 있다 하더라도, 그리고 인생이 눈앞에서 으르렁대고 죽음이 바로 등 뒤에서 쫓아오더라도, 그저 우리가 해야 할 말을 쓰기 위해 언제라도 다시 글쓰기를 시작할 수 있을 것이다.

일요일 밤 열한 시, 원고 타이핑을 끝냈다. 나는 스스로에게 말했다. "나탈리, 책을 완성한 것 같아."

나는 자리에서 일어섰는데 몹시 화가 났다. 갑자기 내가 이용당했다는 기분이 들었다. 방금 완성한 책이 무슨 내용인지도 생각나지 않았다. 내 인생과 아무런 상관이 없는 책인 것만 같았다. 이 책이 나에게 애인을 찾아 주지도 못할 것이며, 아침에 칫솔질을 해 주지도 않을 것이다. 나중에 내 친구 미리암은 이렇게 말했다. "네가 이용당한 것은 사실이야. 바로 뮤즈에게 이용당한 것이지."

나는 목욕을 했고, 비실거리며 욕조에서 기어 나온 다음 옷을 입었다. 그리고 깜깜한 밤길을 걸어 산타페 시내에 있는 카페

'외로운 늑대'까지 갔다. 나는 백포도주 한 잔과 토페 아이스크림을 주문했다. 카페 안에 있는 사람들을 멍하니 둘러보았다. 나는 빙긋 미소만 지을 뿐 어느 누구에게도 "난 방금 책을 끝냈어요. 이젠 인간적인 모습으로 돌아갈 거예요."라는 말을 하지는 않았다. 집으로 돌아올 때는 마음이 한결 가벼웠다. 그러고 난 다음날 아침 나는 울고 있었고, 오후에는 최고로 신이 났다.

그러고 나서 수업 시간에, 나는 학생들을 만나서 말했다.

"이 책을 완성하는 데에 일 년 육 개월이 걸렸어요. 적어도 절반은 처음 썼을 때 나온 것들이죠. 가장 힘든 싸움은 글 쓰는 행위가 아니었어요. 내가 과연 괜찮은 글을 쓸 수 있을까 하는 두려움과 싸우는 게 제일 힘들었죠."

마지막 한 달 반 동안 나는 주말도 휴일도 없이 글을 쓰는 데에 매진했다. 나는 한 장씩 완성한 다음, 다음 장으로 넘어갔다. 내 속에서 하겐다즈 아이스크림을 먹어라, 친구를 만나러 나가라, 낮잠을 자라고 아우성을 쳐댔지만, 나는 그 소리에 아랑곳하지 않았다.

꼭 기억해야 할 것이 있다. 우리는 '성공이 행복이다'라는 등식에 너무도 익숙해져 있다. 하지만 성공을 해도 외로움은 사라지지 않는다. 성공은 또 다른 고립감과 실망을 가져온다. 모든 성공이 다 마찬가지이다. 그러니 자신이 느끼고 있는 것을 받아들이는 여유를 가지라. 이렇게 큰 감정을 받아들여서는 안 된다고 스스로를 제한시키지 말라.

뼛속까지 내려가서 써라

카타기리 선사는 언젠가 나에게 이렇게 말했다.

"만약 그쪽에서 당신 책을 출판하겠다고 하면 아주 잘된 일이지만, 그것에 너무 신경 쓰지 마십시오. 당신에게는 그냥 지나가는 일입니다. 계속해서 글을 쓰는 데에만 정진하십시오."

이틀 전 나는 아버지에게 말했다.

"저, 엠파이어 스테이트 빌딩에서 뛰어내리러 가요."

아버지가 말했다.

"뛰어내리는 건 상관하지 않겠다만, 꼭 그렇게 높은 건물을 골라야 하는 이유가 있나?"

나는 스스로에게 말했다.

"나탈리, 이 책은 끝났어. 넌 또 다른 책을 쓰게 될 거야."

옮기고 나서

한 달에 노트 한 권을 채우던 시절이 있었다. 그것은 일기였고, 나는 중학교 2학년 때부터 시작해서 십일 년 동안 거의 하루도 빼놓지 않고 일기를 썼다. 책가방은 등하교 때나 들고 다니고 나머지 시간에는 도서관에 처박아 두었다. 대신 내 손에는 볼펜을 끼운 작은 노트 한 권만이 있었다. 언제 어디서라도 쓰고 싶은 말을 쓰기 위해서. 그때는 쓰고 싶은 말도 참으로 많았다.

그런데 일이라는 것을 하게 되면서(내가 한 일들은, 엄격히 따지면 조금씩 다르지만, 전부 원고지와 관련된다는 공통점이 있었다.) 나는 점점 일기와 멀어지게 되었다. 어쩌다 무언가를 적고 싶을 때도 이렇게 살아야 하지 않을까, 식의 강박관념이나 토막 난 의식들을 나열하는 것이 고작이었다. 일로 쓰는 글은 내 글이 아니었다. 내 생각과

뼛속까지 내려가서 써라

의식은 자꾸 낯설어졌다. 그러다가 나의 일기는 거기서 끝났다.

처음 이 책을 검토하게 되었을 때, 너무도 잘 읽혀서 아주 신이 났다. 작가가 하는 말이 마음속으로 쏙쏙 들어왔다. '내가 바로 이렇게 글을 썼는데!' 하는 생각에 우쭐해지기도 했다. 하지만 계속 읽어갈수록 그리고 본격적으로 번역을 하게 되면서 나는 점점 절망감을 느꼈다. 당연한 일이었다.

저자는 자유롭게 글을 쓰라고 말한다. 자유로운 글쓰기라! 이런 말을 누가 못 하겠는가? 하지만 다음에는 이 자유로운 글쓰기란 자신만의 솔직한 목소리를 찾아내는 길이며, 궁극적으로 인생의 진실을 밝혀내는 것이어야 한다고 말하고 있다.

진실! 정말 겁나는 단어이다. 나는 나의 진실을 얼마나 알고 있는가? 그리고 꼭 나의 진실을 밝혀내야 하는 것일까? 내가 진실을 외면한다고 해서 누가 나에게 시비를 걸어오겠는가? 아무도 없을 것이다, 아무도. 하지만 작가가 희망하고 있듯, 글쓰기를 통해 세상에 숨겨진 진실을 밝혀내려는 사람들이 있다. 글쓰기를 통해 끊임없이 자기를 돌이켜보며 인생을 완성시켜 나가려는 사람들이다. 어쩌면 이들이야말로 세상에 활력을 불어넣는 진짜 보물들이다. 그리고 이 책을 읽는 여러분도 그런 사람 중 하나일지도 모른다.

이 책은 글 쓰는 사람들에 대한 나의 존경심을 더욱 높여 주었다. 글을 쓴다는 것이, 자유와 진실을 추구하고 세상과 자신에 대한 진정한 연민을 키워가는 끊임없는 훈련이라는 사실만은 분명히 알게 되었기 때문이다. 작가가 아니라도 글을 쓸 수 있다는 점 또한 좋았다.

'그들의 이름을 불러 주라.' 나는 이 말도 마음에 들었다. 한 번 시험을 해보기로 했다. 느티나무가 제일 예쁘게 잎을 피우는 계절, 일주일에 두 번씩 걷게 되는 마포의 어느 거리에서 그리고 종로의 어느 건널목에서.

한꺼번에 백여 명에 가까운 사람들이 길을 건넌다. 반대편에서 이쪽을 향해 걸어오는 사람들은 모두 같은 방향을 바라보며 아주 빠르게 걸어오고 있다. 정말 놀랍게도 많은 얼굴이, 정말 많은 얼굴이 하나씩 선명하게 내 눈에 각인되었다. 그리고 그들이 어떤 사람인지 모르지만 모두가 소중한 사람이라는 생각이 정말 또렷하게 내 가슴에 와닿았다. 그리고 그 얼굴들은 지금 이 글을 쓰는 순간에도 선명하게 어른거린다.

글쓰기가 평생에 걸쳐 하는 일이라면 지금부터 글쓰기 훈련을 시작해도 되리라. 물론 자유롭게.

2000년 5월

권진욱

뼛속까지 내려가서 써라

뼛속까지 내려가서 써라

초판 1쇄 발행 2000년 6월 20일
개정 1판 1쇄 발행 2005년 4월 24일
개정 2판 1쇄 발행 2018년 10월 27일
개정 2판 7쇄 발행 2024년 8월 20일

지은이 · 나탈리 골드버그
옮긴이 · 권진욱
펴낸이 · 심남숙
펴낸곳 · (주)한문화멀티미디어
등록 · 1990. 11. 28. 제 21-209호
주소 · 서울시 광진구 능동로 43길 3-5 동인빌딩 3층 (04915)
전화 · 영업부 2016-3500 편집부 2016-3507
http://www.hanmunhwa.com

운영이사 · 이미향 | 편집 · 강정화 최연실 | 기획 홍보 · 진정근
디자인 제작 · 이정희 | 경영 · 강윤정 조동희 | 회계 · 김옥희 | 영업 · 이광우

만든 사람들
책임 편집 · 강정화 | 본문 일러스트 · 신은정
표지 디자인 · 오필민디자인 | 본문 디자인 · 이정희

ISBN 978-89-5699-340-9 03800